FOLIO JUNIOR

Retrouvez MANOLITO
dans les autres volumes de
La grande encyclopédie de sa vie
déjà parus dans la collection Folio Junior

MANOLITO
SUPER MANOLITO
LES SECRETS DE MANOLITO

Titre original : *¡Como molo !*
Édition originale publiée par Santillana S. A., Madrid, 1996

Elvira Lindo

BONNES VACANCES, MANOLITO !

Illustrations de Emilio Urberuaga

Traduit de l'espagnol
par Virginia López-Ballesteros et Olivier Malthet

Gallimard Jeunesse

A Laura San José,
pour qu'elle garde toujours ce si joli sourire,
et à Césitar Lindo Junior,
pour qu'il se souvienne de moi de si loin.

L'autre jour, nous étions en train de jouer aux sauveurs d'otages dans un terrain vague près de la prison de Carabanchel, quand une voiture a freiné brutalement devant nous en dérapant. J'ai tout de suite pensé qu'ils venaient nous kidnapper, nous voler ou acheter notre silence. Je me suis mis derrière le Bêta, au cas où, car moi, mon instinct de survie fonctionne à merveille, et, dans les situations difficiles, je fais toujours ce qu'il faut pour sauver ma peau. Nous sommes tous restés paralysés : Yihad, Arturo Román, Paquito Medina, Grandes Oreilles… On n'entendait plus que la tétine du Bêta, qui accélère son rythme de succion par minute lorsqu'il est inquiet.

Au milieu de la poussière que les roues avaient soulevée en freinant, nous avons cru voir un nain qui descendait de la voiture. Tu comprendras que nos yeux ont failli sortir de nos orbites. Lorsque le nain est sorti du nuage de poussière, il s'est avéré que ce n'était pas un nain mais un enfant. Il est resté devant nous sans savoir quoi dire. Puis un homme est sorti, sans doute son père, qui lui a dit :

– On a passé toute la matinée à le chercher, tu ne vas pas rester muet maintenant.

« A chercher qui ? » se sont demandé nos six esprits.

Enfin, l'enfant a osé parler :

– Je cherche Manolito le Binoclard.

Tous mes amis m'ont montré du doigt, et le Bêta a enlevé sa tétine et l'a pointée vers moi. Ils sont comme moi, ils ont un instinct de survie très développé, ils sont capables de livrer au premier venu leur meilleur ami, et même leur frère s'il le faut. Tout comme moi avec le mien. Ce n'est pas par manque d'amour, mais ce fameux instinct de survie commence d'abord par soi-même.

De toute façon, ce n'était pas très dur de deviner que c'était moi le Binoclard, étant donné que je suis le seul de ma bande à porter des lunettes.

– J'ai lu un livre sur ta vie, qui s'appelle *Super Manolito*, et j'ai quelques questions à te poser, a dit l'enfant, en sortant un papier de sa poche.

Les questions de l'enfant étaient les suivantes :

1. Pourquoi appelles-tu le Bêta le Bêta ?

2. Depuis quand portes-tu des lunettes ?

3. Jamais personne ne t'a défendu lorsque ce crâneur de Yihad t'a attaqué ?

4. Quel est le vrai prénom de Grandes Oreilles López ?

5. Pourquoi appelez-vous le parc le parc de l'Arbre du Pendu ?

6. Pourquoi est-ce que Barnabé est ton parrain ? Pourquoi Louisa commande autant chez toi ?

7. Pourquoi Susana s'appelle-t-elle Culotte-Sale ?

8. La fabrique de saucisses Oscar Mayer appartient-elle au père de l'enfant qui est dans ta classe ?

9. Pourquoi dis-tu que Grandes Oreilles est un traître-cochon si c'est ton meilleur ami ?

10. Tu pourrais expliquer un peu mieux ce que c'est qu'une tape à effet à retardement ?

11. Quand est-ce que ton grand-père a acheté son premier dentier ?

12. Comment Jessica l'ex-grosse a réussi à maigrir ?

13. Pourquoi ton père n'est jamais chez toi ?

14. Louisa a acheté Bonie ou elle l'a trouvée dans une décharge ?

Je m'arrête là car cet enfant avait apporté au moins cinquante questions.

Cet enfant était d'un autre quartier et il était venu dans le mien juste pour dissiper ses terribles doutes et bon, aussi parce qu'il avait une tante à Carabanchel, puisqu'il faut tout dire. J'ai dit à cet enfant que le mieux qu'il pouvait faire c'était de lire le premier tome de ma biographie et que bientôt il pourrait lire le quatrième, c'est-à-dire celui-là. Je lui ai dit aussi qu'il y avait des questions auxquelles ni moi ni personne ne pouvaient répondre, exemple : pourquoi Susana porte toujours une culotte sale, car c'est le genre de questions auxquelles même les scientifiques du monde entier n'ont pas trouvé de réponse. Yihad, qui était vert d'envie car pour une fois j'étais le héros de l'histoire, a alors dit à cet enfant :

– Personne n'est obligé de lire tous les livres du Binoclard, moi rien qu'en voyant sa tronche, ça me suffit.

L'enfant a répondu :

– C'est lui Yihad ?

– Comment tu l'as deviné ? a demandé Grandes Oreilles, qui est un peu lent dans sa coordination mentale.

– Et toi tu es Grandes Oreilles.

– Tu as des pouvoirs de divination ! a dit Grandes Oreilles.

Je crois qu'il ne sait toujours pas pourquoi nous l'appelons Grandes Oreilles.

– Celui qui porte le maillot du Rayo Vallecano* c'est Paquito Medina, a poursuivi l'enfant devin.

Le Bêta a ouvert grand la bouche tellement il était admiratif, et sa tétine est tombée par terre. Il l'a nettoyée sur mon pantalon et l'a remise dans sa bouche.

– Et lui, Manolito, c'est ton frère, le…

– Bébé, l'a interrompu le Bêta.

A part moi, il n'aime pas que les autres l'appellent le Bêta, moi je peux car je suis son frère et son leader.

– Et lui c'est qui ? a demandé l'enfant en désignant Moutarde.

– C'est Moutarde, mon nouvel ami de toujours. Dans ce livre, il y a un chapitre qui lui est consacré.

– Quel culot ce Moutarde, il arrive le dernier et c'est lui qu'on voit le plus, s'est plaint Arturo Román.

---

* Équipe de football espagnole.

L'enfant devin a compris que celui qui venait de parler était Arturo Román, car il est toujours en train de se plaindre de la même chose. Il m'a dit qu'il aurait beaucoup aimé connaître mon grand-père, pour savoir s'il était aussi marrant que je le racontais, vérifier que la perruque de Barnabé se voyait de loin, comme je le prétendais, et si c'était vrai que Louisa et Bonie (sa chienne) se ressemblaient comme deux gouttes d'eau, si les tapes de ma mère dépassaient en maîtrise celles de la sienne, et surtout il aurait trouvé ça hypercool que mon père le fasse monter de nuit dans son grand camion Manolito, tous phares allumés, et le klaxon à fond. Mais, de sa voiture, le père de l'enfant mystérieux a crié qu'il était tard. Avant de partir, il m'a dit :

– Dans le prochain livre, pour qu'on ne s'embrouille plus, tu pourrais faire une liste de tous les personnages en expliquant qui ils sont. Au revoir, copain.

Le père s'est approché de nous en voiture et a encore soulevé un nuage de poussière. L'ami inconnu a disparu dans la fumée et la voiture a démarré si vite que des fois il nous arrive de penser que c'était une apparition surnaturelle, un de ces phénomènes paranormaux qui arrivent si souvent à Carabanchel et qui attirent jusque dans notre quartier des chercheurs à barbiche du monde entier.

Grâce à mon ami sans nom, je me suis rendu compte que depuis que je raconte ma vie j'ai énormément plus d'amis que j'aurais jamais pu imaginer, même si je n'ai pas vu leur visage et que je ne connais pas leur nom.

J'ai écrit la liste qu'il me demandait. Paquito Medina

NUMQUAM·VINCERE·DEBITA
1
2
TRANSPORTS
MANOLITO
TESTAMENT
DETTE
3
5
6
4
7
8
9
10
11
12
13

m'a aidé à la faire et il m'a dit que cela s'appelle « arbre généalogique », que c'est une chose que font les rois ou les gens comme moi, qui sont historiquement importants.

Dans la branche réservée aux potes, il y a une place libre pour toi, pour que tu écrives ton nom et que tu te dessines ou rajoutes une petite photo. Ma devise est : les meilleurs amis sont ceux que l'on ne connaît pas encore.

1. Le commencement des temps
2. Quelques années plus tard.
   après le commencement des temps...
3. Un Manolito à quatre roues.
4. Moi et le roi de la maison.
5. Louisa, mon parrain Barnabé et Bonie, pour eux presque une fille, pour moi presque une cousine.
6. Mon oncle Nicolas et sa fiancée d'Oslo.
7. Mon grand ami Grandes Oreilles López, un traître cochon avec des problèmes sicologiques.
8. Yihad, un petit frimeur problématique.
9. Susana Culotte-Sale, un dossier X.
10. Moutarde, le dentiste de l'opéra.
11. Paquito Medina, son royaume n'est pas de ce monde (mondial).
12. Toi-même.
13. M'dame Asunción, la directrice du Pénitencier où j'étudie.

COMME DES MILLIONNAIRES

A la fin de l'année, lorsque j'ai ramené mon carnet chez moi, ma mère a juste lu l'impitoyable mauvaise note que m'dame m'avait mise en mathématiques. Le reste, les bonnes notes, elle s'en moquait pas mal. Elle est sortie pleurer dans les bras de sa chère Louisa. Mon grand-père m'a dit :

– Ta mère s'est trompée de métier, elle aurait pu être une grande actrice dramatique.

Les jours suivants, elle me regardait avec des yeux inondés de rancune, me rappelant à chaque instant que j'étais cet âne d'enfant qui avait échoué dans une matière aussi fastoche. Elle m'avait pris tellement en grippe que le jour où Louisa est partie dans sa superbe villa de Miraflores de la Sierra, ma mère lui a dit assez fort pour que j'entende :

– Nous, nous ne partons pas à cause de ce morveux, son père et moi nous ne fermons plus l'œil de la nuit à cause de sa mauvaise note de malheur.

Moi, ça m'a fait beaucoup de peine de savoir que mon père et ma mère ne dormaient pas, de les imaginer regarder le plafond en silence en pensant à leur fils qui n'arrive pas à se mettre dans la tête la table de neuf, une table que je ne souhaite même pas à mon pire ennemi.

Je suis parti dans un coin, concrètement derrière le meuble-bar, et je me suis mis à pleurer (je me suis mis à pleurer un peu fort pour qu'ils m'entendent : pleurer tout seul et sans raison, c'est une perte de temps). Lorsque bien longtemps après, ma mère est venue vers moi, j'étais un enfant inconsolable, avec les yeux inondés de larmes et les narines inondées de morve. Même la personne la plus insensible de la Planète (ma mère) aurait eu pitié de moi, mais il ne lui est sorti qu'une seule phrase :

– Allez, mon chéri, ça suffit, dis-toi bien que, malgré tout, ta famille t'aidera toujours dans tous tes échecs.

– Mon petit ange – mon grand-père m'a pris dans ses bras et j'ai pleuré encore plus fort car, comme tu le vois, c'était une scène plutôt tragique.

Voyant la répercussion de ses terribles paroles, ma mère a dû avouer que si nous ne partions pas en vacances, ce n'était pas à cause de ma mauvaise note, mais parce que nous devions payer les traites du camion et qu'il ne nous restait pas d'argent. Alors c'est elle qui s'est mise à pleurer et elle m'a demandé de ne jamais rien dire à Louisa car elle en avait marre d'entendre Louisa se vanter toujours de sa villa coloniale à Miraflores de Mes Deux. Ça la rend triste ma mère que nous n'ayons jamais d'argent pour les vacances, mais elle ne veut pas que ça se sache, et elle raconte de ces bobards aux voisins : quand ce n'est pas mes notes, elle dit que les problèmes de prostate de mon grand-père ont empiré ou que le Bêta a une canine qui pousse. Il m'est interdit de parler aux gens de l'argent que nous devons encore pour le camion. C'est malheureux car avant qu'on ne me l'interdise, je racontais à tout le monde combien il restait d'argent à mes parents pour le mois.

Je le savais car toutes les nuits mes parents font beaucoup de comptes, et moi, dans mon cerveau j'enregistre tout. Maintenant je me retrouve sans pouvoir parler de ce grand sujet : l'argent. Et Louisa a beau me poser des questions, rien. J'adorais parler argent. C'est peut-être parce que plus tard, je serai un grand banquier, ou peut-être que je serai un peu pauvre, comme mes parents.

Je disais que ma mère s'était mise à pleurer. Et ses larmes ont contaminé mon grand-père et le Bêta. Eux sont toujours de la partie.

A la fin, nous étions tous serrés les uns contre les autres, nous essuyant avec le même Kleenex (pour économiser) et pensant à mon père qui, en ces instants, devait être en train de faire des livraisons à droite à gauche pour payer le crédit du déjà célèbre camion Manolito. Notre dette se termine au milieu du prochain siècle, mes parents devraient donc me laisser la dette dans leur testament et il est fort possible que je la laisse en héritage à mes enfants. Les héritages chez les García Moreno ne sont pas comme ceux des films. Ce sont des héritages qui te ruinent la vie.

J'avoue que ça m'a plutôt consolé de ne pas être le principal coupable des malheurs de ma famille, et ma mère s'est retenue pour ne pas me rendre ridicule devant les autres (je le fais déjà très bien moi-même). Il faut être reconnaissant avec une mère qui change d'avis et qui ne va pas raconter au premier venu que tu es nul en mathématiques. La vérité c'est qu'elle n'avait pas beaucoup l'occasion de sortir son baratin car, comme tous les ans, nous sommes restés tout seuls de ce côté du fleuve Manzanares.

Le premier à disparaître a été mon grand ami Grandes Oreilles (le traître cochon, comme tu sais).

Comme ses parents sont séparés, il part en juillet avec son père dans un village qui s'appelle Carcagente, et à la fin du mois il retourne à Carabanchel, puis le 1er août il part avec sa mère dans un village qui s'appelle aussi Carcagente. Pourquoi ? Parce que c'est le même village, parce que ses parents sont tous les deux de Carcagente, mais ils n'y vont pas le même mois car actuellement ils ne peuvent pas se supporter. Quinze jours après son départ, Grandes Oreilles m'a envoyé une lettre où il disait :

Cher Manolito : à la fin de l'été Carcagente me sortira par les trous de nez. Il y a une piscine mais hier il a plu.

Au revoir,

G. O. López

Voilà comment est mon ami : affectueux et expressif. Il lui a fallu quinze jours pour écrire ces deux phrases inoubliables.

Moi j'aimerais avoir un village, même comme Carcagente, peu importe, un de ces villages où tu sors de chez toi et tu te roules dans les champs jusqu'à l'aube et où tu peux rester dormir chez qui tu veux. Tu vois une maison avec la porte ouverte et tu dis : « Je m'incruste ici », et dans cette maison vit une dame très gentille, qui te prépare le dîner, te met la télé, et va ensuite parler avec ta mère pour lui dire :

– Je vous en prie, ne le grondez pas d'avoir disparu, il nous a rendus si heureux moi et mon pauvre mari, qui n'entend pas et ne voit presque plus.

Voilà ce qu'il y a de bien à Carcagente et dans n'importe quel autre village d'Espagne. Ici à Madrid, tu ne peux pas entrer dans une maison et dire : « Je reste dîner car j'ai beaucoup aimé votre immeuble », car la dame appelle immédiatement la police, la dame de Madrid te donne que dalle, car cette dame ne veut pas qu'un enfant entre dans son appartement à moins qu'il ne soit le fils du roi d'Espagne ou qu'il ne soit passé dans l'émission *Graines de star*.

Susana Culotte-Sale est partie elle aussi. Sa grand-mère l'a emmenée à une excursion du Troisième Age, car sa mère, qui est du Deuxième Age, ne la supporte pas un été entier. Ça ne m'étonne pas : moi, qui suis du Premier Age, je l'ai supportée toute une année et j'en paye les terribles conséquences psychologiques. La semaine dernière, elle m'a envoyé une carte postale où l'on voyait une plage d'Alicante. Susana avait écrit :

Salut ! Je me suis perdue hier sur cette plage et les vingt-cinq grands-pères de l'excursion sont partis à ma recherche. J'ai retrouvé toute seule le chemin du retour, mais dix grands-pères se sont perdus. Ils ont réapparu le soir : rouges et sans avoir mangé. Ma grand-mère dit qu'ils vont nous virer, aussi je te verrai peut-être bientôt.

Susana CC-SS.

Paquito Medina est parti à Vallecas*, où il y a une piscine municipale d'enfer et ses grands-parents qui habitent là-bas lui font tous les après-midi du riz au lait. Les grands-parents de Paquito Medina ont une maison top méga cool : tu ouvres la fenêtre et tu vois le stade du Rayo Vallecano. Paquito Medina te le raconte cinquante fois par jour. Moi quand j'ouvre la fenêtre je vois la prison de Carabanchel, aussi je me retiens de le dire cinquante fois par jour, car les gens ne te regardent pas pareil si tu vis à côté d'un stade ou si tu vis à côté d'une prison. Louisa nous a abandonnés comme tous les mois de juillet et elle nous appelle de temps en temps depuis sa Villa Louisa pour nous dire qu'elle ne souffre pas de la chaleur à la montagne et pour demander si nous parlons d'elle à ses plantes. Dans le fond, ma mère est quelqu'un de très bon : non seulement elle arrose les plantes, mais

* Vallecas est une banlieue de Madrid.

elle ouvre aussi de temps en temps les tiroirs pour voir si toutes les choses de Louisa sont à leur place. Nous sommes les seuls habitants d'un quartier qui ressemble à une planète abandonnée, et ça rend ma mère très nerveuse et nous en sommes déjà à une moyenne de cinq tapes et trois glaces par jour. D'abord elle nous tape et ensuite elle regrette.

Peut-être que le mois qui vient, nous irons à Mota del Cuervo avec mon grand-père, là-bas il a sa maison avec une basse-cour pour faire caca et des ampoules au plafond. Nous irons mon grand-père, moi et le Bêta pour que ma mère se remette de nous et s'en aille avec le camion et avec mon père dans un hôtel de Benicasim où on te fait le petit déjeuner et le lit.

Aujourd'hui, j'ai reçu une carte postale de Yihad, qui venait de Miranda de Ebro, un village où il y a beaucoup de cartes postales, et il me dit :

Salu, Binoclard : je ne pense pas à toi un seul jour. Comme ici je n'ai pas d'amis, je tape sur ma sœur, qui porte un appareil dentaire. Tu ne t'embêtes pas trop tout l'été à Carabanchel ?

Reçois un gentil coup de pied de ton ami,

Yihad.

Je lui ai déjà écrit la réponse. L'année dernière, je ne lui avais pas répondu et je l'ai payé très cher. Voilà ce que je lui ai mis :

Salut Yihad. Oui, je m'embête, mais je ressens une très grande joie que tu ne sois pas là. J'aimerais dire au maire de Miranda combien ce serait fantastique qu'ils te gardent pour toujours. Je sais que c'est un rêve impossible. Ne te fâche pas, mais ça me fait mal que tu écrives Salu sans t. Je te le dis dans cette lettre et non pas en face car tu me casserais les lunettes. Si je te manque, jette par terre l'appareil dentaire de ta sœur, comme ça tu te croiras au parc du Pendu en train de jeter mes lunettes par terre. Ma mère m'a justement demandé pourquoi je n'avais plus les verres cassés. Je lui ai dit que tu étais en vacances et elle a tout compris. Ne reviens pas,

Binoclard.

Comme tu vois, dans mes lettres je suis un type des plus courageux, dans la réalité c'est autre chose.

L'été à Carabanchel, c'est comme dans toutes les autres parties du monde : il y a une piscine, il y a des glaces, il y a des heures de sieste et il y a des heures de sortie. Mon grand-père, moi et le Bêta nous descendons l'après-midi dans le parc du Pendu, nous achetons un supercornet et là nous nous affalons jusqu'à ce qu'il fasse nuit et mon grand-père dit :

– Ta mère ne veut pas l'admettre mais il y a des moments où nous vivons comme des millionnaires.

Louisa a un de ces culots

Louisa est revenue de son pavillon de Miraflores de la Sierra juste pour nous offrir un Repas de Réconciliation. Le Repas de Réconciliation a eu lieu dans le restaurant chinois en dessous de chez moi. Il s'appelle « Ching-Chong ». Il s'appelle comme ça parce que la cuisinière est de Chinchón*, et comme le serveur vient de Chine ils ont ajouté les deux g à la fin et le trait d'union au milieu. Louisa n'arrête pas de dire au serveur chinois de se marier avec la cuisinière de Chinchón car Louisa a dit que ce n'est pas normal qu'un homme et une femme soient associés sans être mariés. Quand elle dit ça, mon grand-père lui répond :

– C'est toi, Louisa, qui n'es pas normale.

En fait, Louisa voudrait bien savoir à quoi ressemble un enfant moitié chinois moitié de Chinchón. Je le dis parce qu'elle-même nous l'a avoué un dimanche à l'heure de l'apéro (elle en était à son troisième vermouth).

---

* Chinchón est un village proche de Madrid.

Le Repas de Réconciliation a été un succès car celles qui devaient se réconcilier étaient Louisa et ma mère ; et quand nous sommes arrivés au dessert, elles avaient déjà trinqué mille fois chacune à la santé de l'autre. Je ne le dis pas pour critiquer, j'ai horreur de ça, mais elles ont bu trois bouteilles de vin, avec l'aide, bien sûr, de mon père, du grand-père et de Barnabé, qui sont toujours prêts à rendre service. Tout les faisait rire mais, à mon goût, ils riaient beaucoup trop fort. Ceux de la table d'à côté en avaient plus que marre, et moi j'étais super-gêné. Trois fois, j'ai demandé à ma mère s'ils pouvaient rire moins fort et s'ils pouvaient arrêter de donner des coups sur la table à chaque fois qu'ils éclataient de rire, et la troisième fois ma mère m'a dit :

– Mais fiche-moi donc un peu la paix, laisse-moi rire comme j'en ai envie – puis à Louisa : Écoute, il me fait suer celui-là depuis quelques jours, il n'arrête pas de me dire mets pas ça, fais pas ci, on dirait ma mère...

Moi qui me fais du souci pour eux, voilà comment je suis récompensé. Un bon fils ne veut pas que ses parents soient ridicules, enfin c'est ce que je crois. Ma mère, elle, dit que plutôt qu'un bon fils, je suis un rabat-joie. Ce sont deux points de vue. Tant pis pour eux.

Je me suis mis à regarder un Bouddha Heureux qui se trouvait au fond d'un aquarium. Le pauvre, si gros et si nu, ils l'avaient mis tout seul au milieu des poissons. C'était impossible dans ces conditions que quelqu'un puisse être un Bouddha Heureux. Je me suis dit que la prochaine fois que nous viendrions manger au

Ching-Chong, je lui apporterais un Bonhomme Michelin d'un porte-clés que mon père m'avait offert. Le Bouddha avec le Michelin, assis côte à côte, comme deux gros sous-marins… Le Bêta m'a alors donné une claque dans le dos et m'a sorti de mes pensées : il s'était mis les baguettes chinoises dans les trous de nez.

– Bébé comme oncle Fétide.

Oncle Fétide, de la famille Addams, est son personnage favori, il adore imiter ses blagues. L'année passée, il a demandé un oncle Fétide pour son anniversaire. La honte… nous sommes allés dans plusieurs magasins de jouets pour demander un oncle Fétide en peluche. A la fin, après avoir fait tous les magasins de l'Espagne, ma mère lui a acheté un Aladin. Je lui ai dit :

– Tu paries que ça ne va pas lui plaire.

– Pourquoi ça ne va pas lui plaire, les enfants aiment toutes les poupées, m'a-t-elle répondu, énervée.

Je l'avais prévenue. Lorsqu'il a ouvert le cadeau croyant que c'était son oncle Fétide et qu'il a vu Aladin, les larmes ont inondé ses yeux, il s'est mis tout seul sa tétine, et a posé l'Aladin sur le meuble-bar où il est resté depuis. Le Bêta, tu ne le trompes pas comme ça.

Mais revenons à ce déjà célèbre Repas de Réconciliation : ma mère et Louisa riant et buvant comme des pochetronnes, mon père et Barnabé chantant à tue-tête, mon grand-père demandant tout le temps à une serveuse chinoise les secrets de la cuisine orientale, et le Bêta avec ses baguettes dans le nez (parfois il en sortait une avec un petit cadeau vert au bout, puis la remettait. Pour lui, toute matière est recyclable). Je me sen-

tais parmi eux comme le seul membre normal de la famille Addams, car c'est ainsi que nous pouvons appeler à partir de maintenant la famille García Moreno. Quel film d'enfer ils feraient avec nous. A Hollywood, ils ne savent pas l'affaire en or qui les attend à Carabanchel.

Mais arrivé à ce point de ce palpitant chapitre, le monde mondial se demande pourquoi ces deux grandes amies, appelées Louisa et Catalina (ma mère), s'étaient fâchées.

Comme d'habitude, je commencerai à raconter cette terrible histoire par le début des temps :

Il se trouve que Louisa était partie, comme tous les étés, dans sa résidence de Miraflores de la Sierra, une résidence qui excite la curiosité. D'après Louisa, les touristes s'arrêtent pour la regarder, surtout la nuit, quand tous les nains de jardin sont allumés. Il faut dire qu'à la place de lampadaires, elle a mis sur la pelouse des nains avec des lampions, et la clôture est faite de roues de moulin peintes en vert et la maison a une forme de petit château. La cheminée est une des grosses tours. Les gens de Miraflores l'appellent « la maison de la Sorcière ». Ils ont dû se tromper de personnage car Louisa a fait sa maison en pensant à Blanche-Neige et non à la sorcière. En plus, celle qui vivait avec les nains c'était Blanche-Neige, c'est super-évident. Mais les gens ne font pas attention, et Louisa a beau se fâcher, sa maison est connue dans tout Miraflores comme « la maison de la Sorcière ».

C'est là, dans leur résidence d'été, que vont Louisa et Barnabé quand il fait chaud, tels des gens célèbres. L'après-midi avant de partir, elle est montée chez moi et a demandé à ma mère si elle pouvait arroser ses plantes, et ma mère lui a répondu que les voisines étaient là pour ça. Puis Louisa est remontée et a dit à ma mère :

– Puisque tu t'occupes de mes plantes, tu pourrais aussi descendre et monter les stores trois fois par jour.

Il faut dire que Louisa avait vu à la télé tous les conseils qu'ils donnent pour dissuader les cambrioleurs pendant l'été. Et ma mère lui a dit qu'elle le ferait en tant que voisine et amie. Puis Louisa est montée une troisième fois pour ajouter :

– Quand tu descendras le soir pour monter les stores, tu pourras aussi allumer la lumière et l'éteindre une heure plus tard, c'est un des autres conseils de la Direction Générale Policière ; comme ça, ces maudits cambrioleurs croiront que nous sommes en train de dîner.

Et ma mère a dit bon, bon d'accord.

– Et prends le courrier, car en voyant la boîte aux lettres pleine, ils savent que les gens sont en vacances. Ne me dis pas que ça te demande beaucoup d'efforts…

Et ma mère a dit pas de problème. Mais dès que Louisa est partie, ma mère a dit quelque chose de tout à fait différent, elle a dit :

– Elle a un de ces culots, Louisa. Elle en profite que je suis trop bonne. Je ne pars pas en vacances et en plus, il faut que je garde la maison des voisines. Mais après personne ne te remercie, et celle-là encore moins que les autres, tu crois que ça lui viendrait à l'idée de me dire : « J'emmène ton Manolito quelques jours pour qu'il se baigne dans la piscine de Miraflores... »

Voilà les choses que pensait ma mère en criant (ma mère pense à voix haute), quand pour la quatrième fois, quelqu'un a frappé à la porte. C'était qui ? Tu as deviné : Louisa, toujours la même, avec le même culot. Qu'est-ce qu'elle voulait ? Ceci :

– Catalina, je pensais à Manolito, le pauvre, tout l'été ici, sans distraction ni copain...

En entendant ça, ma mère était déjà prête à me préparer mon sac. Mais elle s'est arrêtée net quand Louisa a terminé en disant :

– J'ai pensé que je pourrais lui laisser le canari et l'aquarium pour qu'il s'amuse avec.

Ma mère a ouvert un peu la bouche ; d'après moi, elle cherchait des mots mais elle n'arrivait pas à les trouver. Dix minutes plus tard, nous avions la cage et l'aquarium sur le meuble-bar. Elle ne nous a pas laissé Bonie car depuis qu'elle sait que le Bêta lui prête sa tétine, elle a très peur que mon frère lui refile une maladie. Je la comprends.

Ma mère est restée au moins une demi-heure dans la cuisine à préparer le dîner. Elle parlait toute seule de sa vie si triste, de l'été qu'elle allait se taper à surveiller la maison de Louisa, avec mon père qui serait sur les routes d'Espagne pendant qu'elle devrait s'occuper de mon grand-père, de moi qui la saoule de paroles, c'est ce qu'elle dit, du Bêta qui ne contrôle toujours pas ses sphincters, des poissons et d'un canari très bizarres. Tout cela nous a fait du mal, bien sûr, nous ne sommes pas de pierre. Mon grand-père est entré dans la cuisine et a commencé à se préparer son dîner.

– Mais, papa, qu'est-ce que tu fais ? lui a demandé ma mère.

– Je me prépare mon dîner, je n'ai pas besoin que l'on s'occupe de moi, je n'ai pas envie de déranger.

Puis je suis entré, et je n'ai pas ouvert la bouche de tout ce temps-là. Et comme je ne parlais pas, le Bêta ne parlait pas non plus. Je vous ai déjà raconté que j'étais son leader.

– On peut savoir ce qui lui arrive à ce môme ? a dit ma mère.

– Moi non plus, je ne veux pas déranger, ai-je répondu, en parlant comme un pauvre enfant offensé.

Mais nous avons dû tout de suite lui pardonner, car ma mère est une personne tellement bizarre qu'elle aime que tu fasses exactement ce dont elle se plaint à grands cris. Et si tu ne lui pardonnes pas tout de suite, elle se met à pleurer (elle est pareille que le Bêta), aussi nous avons suivi les conseils que mon père nous donne tous les lundis avant de monter dans son camion :

– Faites ce qu'elle veut et vous serez heureux.

Dès le lendemain, nous avons commencé à descendre chez Louisa et à suivre toutes les instructions de la Direction de la Police. Ma mère a découvert les cassettes vidéo de dessins animés que Louisa nous enregistre pour que chaque mois nous les laissions s'épiler tranquillement et que le Bêta ne soit pas tenté de mettre sa tétine dans la cire pour goûter. Ma mère a pensé qu'elle aussi elle pouvait nous passer une cassette dans le magnétoscope de Louisa tous les après-midi et monter faire la sieste peinarde.

– Ça payera ce que je fais pour elle, a dit ma mère dans une de ses pensées à voix haute.

Bref, moi et le Bêta nous sommes descendus tous les après-midi regarder des dessins animés pendant que mon grand-père et ma mère ronflaient en chœur. Nous enlevions nos chaussures, nous faisions une bagarre mortelle de pieds qui puent, et puis nous nous allongions pour voir le film. Comme il n'y avait que deux ou trois films, à la fin de la semaine nous les connaissions par cœur et je pouvais me permettre le luxe de dormir un peu à la moitié du film et de me réveiller seulement à la fin. C'est une expérience que je te recommande, tu as seulement besoin d'un canapé, d'un magnétoscope et d'une vidéo que tu as déjà vue cinquante fois. Une vidéo que tu connais sur le bout des doigts te laisse beaucoup de liberté : tu peux aller aux W.-C., t'endormir ou te bagarrer avec ton meilleur ami. Il suffit de voir le début et la fin. Les fins sont toujours très émouvantes et des fois elles te font pleurer même si c'est un film mortel comme une pelle (dans ce cas, ce sont des larmes de joie, bien sûr).

Bon, je te disais que je m'étais endormi, sans me rendre compte que le Bêta, que l'on peut considérer comme un disciple du démon de Tasmanie, restait éveillé et libre de faire des siennes. C'est un enfant qui aurait besoin d'un gardien assermenté vingt-quatre heures sur vingt-quatre rien que pour lui. Pendant que je dormais, le Bêta a enlevé la cassette et a mis deux de ses Playmobil à la place. Puis, il m'a réveillé à sa façon, en me donnant des claques dans la figure.

– Mais qu'est-ce qui t'arrive ? ai-je demandé, le cœur battant à trois cent cinquante pulsations par seconde.

– Bébé veut voir les Playmobil à la télé.

– Eh bien bébé attendra, les Playmobil c'est uniquement dans les publicités à Noël.

– Non, non. Bébé les a mis – en disant ça, il me montrait le magnétoscope.

– Mais qu'est-ce que tu as fait, animal ? – je ne l'ai pas appelé animal pour l'insulter, je l'ai appelé comme ça parce qu'il le méritait.

J'ai essayé de mettre ma main dans la fente du magnétoscope mais je n'arrivais pas jusqu'au fond. Et puis je ne voulais pas non plus trop trifouiller. Ma mère nous a fichu la trouille depuis tout petits de mourir électrocutés.

Soudain, cette mère, dont je te parle toujours, a ouvert la porte. Lorsqu'elle m'a vu la main dans le magnétoscope de Louisa, elle est restée comme deux ronds de flanc.

– On peut savoir ce que tu es en train de faire, animal ? – comme tu le vois, le mot « animal » est plutôt fréquent dans ma famille. Nous l'employons entre nous dès que l'occasion se présente, cela dit, on fait toujours bien attention de l'employer avec un être hiérarchiquement inférieur.

– Bébé veut voir les Playmobil à la télé – le Bêta gardait son idée en tête.

– Il les a mis là-dedans et je ne peux plus les sortir.

– Et pourquoi tu l'as laissé faire ? m'a demandé ma mère.

– Parce que je ne m'en suis pas rendu compte, je m'étais endormi.

– Tu n'as pas encore compris qu'avec celui-là, on ne peut pas s'endormir ?

J'aurais aimé lui répondre : « Et toi alors, tu te tapes bien une sieste ! » mais je n'ai rien dit car j'aime la vie et je connais le genre de commentaires qui peuvent la rendre furieuse.

Ma tendre mère s'est approchée de moi pour me retirer la main d'un coup, mais elle n'y est pas arrivée car ma main était coincée dedans. Ne me demande pas pourquoi une main qui entre ne peut plus ensuite ressortir, c'est comme ça. La terreur a envahi mon corps et je me suis mis à suer. Je me suis imaginé le reste de ma vie avec la main dans le magnétoscope de Louisa, à moins qu'on ne me la… coupe ! Alors, chaque fois que je descendrais chez Louisa, je verrais le magnétoscope et je penserais : « Ma pauvre main est là. » Puis une seconde terreur est entrée en moi, une seule terreur à la fois est très rare ; j'ai imaginé que je pourrais recevoir une décharge électrique et avec une petite voix tremblante j'ai dit à ma mère :

– S'il te plaît, débranche-le.

Ma mère l'a débranché. On peut dire que là, elle a été très humaine. Mais ensuite la seule chose qui l'inquiétait, c'était que le magnétoscope de Louisa ne soit pas cassé et qu'elle n'ait pas de frais de réparation. Avoir un enfant manchot, c'était pour elle un problème secondaire.

Elle est allée à la salle de bains et elle est revenue avec les mains pleines d'eau et de savon. Elle les a frottées contre la mienne jusqu'à ce que ma main glisse et puisse sortir. Ma mère a alors séché le magnétoscope, puis nous a pris par la main et a dit :

– Il ne s'est rien passé. Celui qui raconte à Louisa ce qui s'est passé, je lui coupe la langue.

Chaque fois qu'elle dit ce genre de choses, je me demande si elle les dit vraiment sérieusement ou moitié sérieux moitié pour rire.

Quelques jours plus tard, Louisa est venue à Madrid car elle voulait vérifier si nous suivions bien ses instructions. L'après-midi, quand elle a voulu mettre une cassette et qu'elle a vu que le magnétoscope ne fonctionnait pas, elle a appelé le technicien. Le technicien a extrait deux Playmobil avec des restes de savon et il a dit à Louisa :

– Ce n'est pas la peine de nettoyer l'intérieur du magnétoscope, enlevez juste la poussière à l'extérieur, et ça suffira.

Louisa est montée chez nous, droite comme un obélisque. Elle a jeté les Playmobil sur la table et a crié à ma mère :

– Je te laisse les clés de la maison pour que tu la surveilles et résultat vous entrez dedans comme des voleurs !

J'ai cru que ma mère allait lui répondre avec un autre cri, mais, encore une fois, elle nous a surpris. Elle a pris l'aquarium, l'a mis dans les mains de Louisa, puis lui a donné la cage de Pavarotti, le canari, et, pendant que Louisa faisait des jongleries avec l'aquarium et la cage pour qu'ils ne tombent pas, elle lui a dit avec un calme à te couper le souffle :

– Voilà tes petits animaux. La prochaine fois, tes instructions de la Direction Générale Policière, tu te les feras toi-même.

Louisa est partie très indignée mais très lentement, pour ne pas renverser l'eau de l'aquarium. Il faut dire que ce n'est pas facile d'être indigné en marchant avec un aquarium dans les mains.

La terrible brouille entre ma mère et Louisa a duré une semaine. Et pendant cette semaine, elles ne se sont pas adressé la parole. Nous étions deux familles en conflit, car même si mon parrain Barnabé ne se fâche jamais, Louisa lui a interdit de nous parler et ma mère a fait la même chose avec mon père.

J'ai demandé à mon grand-père s'il pensait que Barnabé changerait son testament en faveur d'un autre enfant (je t'ai déjà dit que le Bêta et moi nous sommes ses uniques héritiers sur cette Planète), et mon grand-père m'a répondu :

– Si Louisa ne l'oblige pas, je ne crois pas.

Il venait à peine de prononcer le nom de Louisa que quelqu'un a sonné. C'était elle, la vraie Louisa.

– Je ne peux pas vivre sans vous, sans mes enfants, sans ma Catalina, sans mon grand-père Nicolas...

Vous êtes ma vraie famille – elle a sorti un mouchoir de sa manche et s'est essuyé une larme qu'aucun d'entre nous n'a réussi à voir. Il faut croire qu'elle l'a essuyée avant qu'elle ne sorte de son œil. Il n'y a rien de plus bête que de se fâcher pour un magnétoscope. Catalina, je veux que tu acceptes un Repas de Réconciliation la semaine prochaine.

Ma mère aussi s'est essuyé une larme invisible et a dit :

– Nous viendrons.

Lorsque Louisa est partie, ma mère a enlevé son visage plein d'émotion et a mis son visage d'inspectrice de police, avant de penser à voix haute :

– Qu'est-ce qu'elle va encore me demander cette fois-ci ?

Elle a eu la réponse à l'instant car Louisa a resonné. J'étais encore derrière la porte, je n'avais pas eu le temps de bouger.

– Catalina, ça ne te dérangerait pas de…

Ma mère lui a pris les clés sans lui laisser le temps de finir :

– Monte tes bestioles quand tu veux.

C'est ma mère, mais elle est très intelligente.

– Les enfants, a dit Louisa, peuvent venir regarder des vidéos quand ils veulent.

Ma mère est partie à la cuisine et Louisa s'est approchée de nous, nous a pris chacun par le bras, et nous a soufflé d'une voix terrifiante :

– Le premier qui remet des Playmobil dans le magnétoscope, il a deux claques.

Lorsque ma mère est revenue, Louisa lui a expliqué les recommandations qu'elle était en train de nous donner :

– Je leur disais de faire bien attention lorsqu'ils s'en serviraient.

Comme tu le vois, il y a plusieurs façons de dire la même chose.

La semaine suivante, Louisa et Barnabé sont revenus de Miraflores pour le Grand Repas de Réconciliation au Ching-Chong et, comme je te le disais avant, ma mère et Louisa étaient redevenues amies, les autres chantaient et le Bêta faisait ses imitations d'oncle Fétide. Bref, c'était un grand succès.

Louisa et mon parrain sont retournés à la montagne et nous avons continué à garder leur appartement contre d'éventuels malfaiteurs. Le Bêta et moi nous redescendons à l'heure de la sieste. Nous savons que si nous cassons encore une fois le magnétoscope elle nous flanquera deux claques, c'est clair, mais on s'en fiche pas mal, non pas que nous soyons très courageux, nous ne le sommes pas, mais parce que nous ne regardons plus de films même si ma mère croit que nous descendons pour cela. Nous avons trouvé un trésor plus intéressant : la chambre de Louisa. Dans son armoire pleine de miroirs, Louisa garde les perruques de Barnabé, elle les a mises sur des têtes de mannequins et le Bêta et moi nous passons notre temps à les peigner et à les essayer.

Nous avons aussi découvert le coffret à bijoux de

Louisa et nous jouons aux pirates, nous faisons comme si nous découvrions le coffret dans une grotte et nous mettons tous ses colliers et nous sortons les deux manteaux de fourrure de Louisa et nous les mettons car nous sommes des pirates de la mer du Nord. Le premier jour que j'ai mis au Bêta le manteau en peau de lapin de Louisa, le Bêta est tombé du lit à cause du poids du manteau.

Il m'a fait une de ces peurs, il est resté par terre, sans bouger, entièrement recouvert par le manteau. Il adore me faire ce genre de blague, je t'ai déjà dit que c'est un enfant plutôt macabre.

Quand nous en avons marre de jouer aux pirates, nous nous couchons sur le lit de Barnabé et Louisa avec les bijoux, les manteaux et les perruques sur la tête, et nous nous tapons une bonne sieste. Mais comme je sais que le Bêta pisse toujours en dormant, que ça soit la nuit ou l'après-midi, je lui mets une partie de mon manteau sous ses fesses et je suis rassuré car je me dis que d'ici l'hiver, au moment où Louisa voudra mettre ses manteaux de fourrure, la superpisse du Bêta sera déjà sèche.

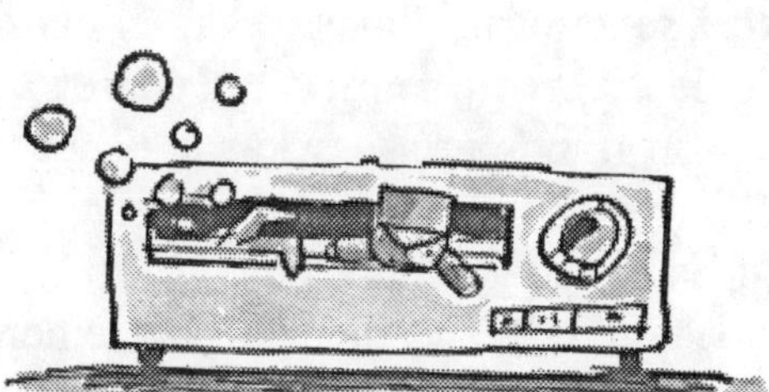

Une question de vie ou de mort

Quand, hier matin, je me suis regardé dans le miroir de ma mère, avec mon nouveau maillot de bain, je me suis dit :

– J'en jette un max.

Je reconnais que c'est un peu bizarre de dire une phrase comme ça à voix haute, à moins d'être un frimeur comme Yihad, mais je suis sûr que beaucoup de gens se le disent aussi. Comme ce crâneur de maître-nageur à la piscine de mon quartier : je vois bien que de temps en temps il regarde ses superbiceps, et je mettrais ma main au feu que ce type est en train de penser : « J'en jette un max. » Pareil pour Barnabé, quand il peigne sa perruque des dimanches avec de l'eau : le matin, avant de sortir dans la rue, il se retourne pour se regarder dans le miroir de l'entrée. Je le vois qui sourit et qui pense : « J'en jette un max. » Mon grand-père aussi lorsqu'il met son survêtement des Tortues Ninja pour descendre acheter du pain, et que la boulangère lui dit :

– Qu'est-ce qu'il vous va bien ce survêtement, il vous rajeunit d'au moins cinquante ans.

Que je sois pendu à l'Arbre du Pendu si mon grand-père ne pense pas à ce moment précis :

– J'en jette un max.

C'est ce que pense Susana lorsqu'elle passe devant le banc du parc du Pendu où nous sommes assis, Yihad, moi et Grandes Oreilles, et que nous arrêtons un instant de nous insulter et de nous ennuyer pour la regarder passer sans rien nous dire. Je suis sûr qu'à l'intérieur de son mystérieux esprit, elle se dit :

– J'en jette un max.

Ce n'est pas étonnant donc que, le jour où je me suis vu avec ce maillot à palmiers sauvages, j'aie gonflé la poitrine, je me sois donné deux ou trois coups de poing mortels dans les côtes et après avoir toussé un peu (j'y avais été un peu fort), je me sois dit la même chose que les autres personnes que je viens de citer. Moi aussi je suis humain.

Devant le miroir, j'ai poussé un cri à rendre sourde même la guenon de Tarzan, et au même moment je me suis dit très fort :

– J'en jette un maaaaaaaaaaaaaaaaaaaax !

Nous allions à la piscine mais ça n'était pas ça le plus super, le plus super c'est que nous allions à la piscine sans ma mère. Moi ma mère, je l'aime jusqu'à la mort mortelle mais à la piscine, nous avons nos petites différences : elle n'aime pas que nous fassions des rots ou des pets aquatiques, que nous l'éclaboussions, que nous plongions style bombe ou que nous fassions les pauvres enfants noyés quand elle passe à côté de nous. Elle ne comprend pas ce genre de petites blagues.

Et moi, je n'aime pas qu'elle me barbouille de crème toutes les cinq minutes, qu'elle m'oblige à faire une digestion pendant deux heures et à m'habiller avec elle dans le vestiaire des filles pour me surveiller. Comprends-moi, c'est hypergênant, tu te retrouves dans des situations interdites aux moins de dix-huit ans. Les filles se déshabillent devant toi et, en plus, elles se plaignent que tes yeux s'arrêtent sur certaines parties du corps humain. L'année dernière, il y en a une qui m'a dit :

– Eh, petit mec, ne reste pas là à me regarder bêtement.

Moi je te jure, vraiment je ne comprends pas ce genre de réaction.

Encore heureux que, cette fois-ci, c'était mon grand-père qui nous emmenait, car même si plusieurs fois déjà il a dit que ça ne le dérangerait pas de passer dans le vestiaire des dames, il doit se contenter de celui des hommes.

Nous avions rendez-vous avec Grandes Oreilles à l'entrée de la piscine. Ça allait être un jour total de la mort. Ça allait être un jour à m'en souvenir le restant de ma vie, c'est sûr.

Au début on a eu du mal à démarrer, car ma mère s'est mise à vouloir vider le contenu du frigo dans notre sac à dos. Elle en était au dixième yaourt quand mon grand-père s'est interposé entre le sac à dos et elle, et a crié :

– Catalina, je t'en prie, nous ne partons pas escalader l'Everest !

Ma mère, qui ne s'avoue jamais vaincue, est passée à l'action avec un autre genre de truc : elle nous a fourgué une crème protection 18 pour le Bêta, des pelles, des seaux, une bouée, deux maillots de rechange, deux peignoirs, des pansements et du Mercurochrome au cas où nous marcherions sur les morceaux d'une bouteille en verre que des voyous viendraient de casser. Il faut toujours qu'elle imagine le pire. Résultat, je suis complètement atteint. Plusieurs fois déjà, je me suis demandé dans quelle émission de télé j'aimerais aller si jamais il m'arrivait quelque chose de terrible. M'dame Asunción dit que j'ai le cerveau détruit à force d'imaginer des atrocités comme celles qui passent à la télé. Elle se trompe. J'ai déjà assez à faire comme ça avec les atrocités que ma mère imagine. Vraiment, ils devraient l'engager à Hollywood pour écrire la dixième partie de *Vendredi 13*.

Elle nous a embrassés vingt-cinq fois chacun et nous a encore embrassés vingt-cinq fois par la fenêtre. On a cru enfin qu'on s'était débarrassés d'elle quand brusquement elle a surgi de je ne sais où. Elle nous a fait une de ces peurs. Elle voulait juste nous rappeler le truc de la crème pour le Bêta, et qu'il fallait lui mouiller la tête, lui mettre son bonnet et que, s'il vous plaît, ne vous noyez pas, c'est très désagréable. Pour une fois, nous étions d'accord.

Notre jour spectaculaire a commencé moyen. Mon grand-père s'est fâché avec le gardien de la piscine car monsieur le gardien a dit que mon grand-père devait se mettre en maillot de bain et mon grand-père a répondu qu'il préférait encore être mort plutôt que d'être ridicule. Tu ne le crois peut-être pas mais mon grand-père ne s'est jamais mis en maillot de bain de sa vie et il a le ventre comme si on lui avait lavé avec du Ariel Nouvelle Formule. Monsieur le gardien voulait absolument que mon grand-père se déshabille et mon grand-père lui a dit :

– Je ne comprends pas. Quel intérêt avez-vous à voir un vieillard nu ? Mon petit-fils peut vous le dire : ça ne vaut pas la peine.

Je l'ai dit à monsieur le gardien, ce qui d'ailleurs était vrai : mon grand-père déshabillé n'a rien de spectaculaire.

Finalement ils sont arrivés à un accord : mon grand-père a accepté de troquer son béret pour la casquette des Pierrafeu que nous avions apportée pour le Bêta. Le gardien a dit :

– Voilà, comme ça c'est déjà mieux, vous êtes plus présentable.

Les gardiens de piscine ont des goûts très bizarres.

A la fin, on nous a laissés passer.

Mon grand-père s'est assis sur un banc, il a enlevé son dentier (qu'on n'aille pas dire ensuite qu'il ne se déshabille pas) et au bout de cinq minutes, il ronflait la bouche ouverte sous le soleil. Mon grand-père est comme ça, un vrai tournesol. Grandes Oreilles et moi nous lui avons mis les lunettes roses en plastique véritable du Bêta pour qu'il n'ait pas le soleil dans les yeux, et nous sommes partis en entendant derrière nous ses épouvantables ronflements.

Nous avons laissé le Bêta dans le bassin des petits avec toutes ses pelles et sa cinquantaine de seaux et nous, nous sommes allés dans le grand bassin pour nous faire boire des tasses mortelles.

Nous avons failli nous noyer plusieurs fois tellement nous riions. Nous jetions mes lunettes au fond et nous plongions pour les sauver. Enfin bref, ce genre de trucs fendards qui ne font absolument pas rire ma mère.

Nous essayions de plonger la tête la première mais nous atterrissions sur le ventre. Ça fait plutôt mal mais il y a des choses pires dans la vie : aller à l'école, par exemple. En plus, dans mon quartier presque tous les enfants font des plats en plongeant, et aucun ne se plaint à voix haute. Parfois nous mettons la main sur notre ventre dans un geste de douleur terrible. Mais c'est tout. Nous sommes des durs.

Grandes Oreilles a plongé si fort que du sang a coulé de son nez. Tous les jours, Grandes Oreilles saigne du nez, si c'est pas pour une chose c'est pour une autre. M'dame Espé dit que c'est psychologique, je veux bien, mais je peux témoigner que cette fois-là ce n'était pas psychologique, avec le plat qu'il a fait ce cinglé a failli vider toute l'eau de la piscine.

Il lui sortait tellement de sang que nous avons pensé que le mieux c'était encore qu'il reste dans la piscine pour se nettoyer avec l'eau chlorée, qui a le pouvoir de cicatriser plus vite.

Tout de suite deux dames sont allées chercher le maître nageur, et tout ça pour nous mettre dehors. Il y en a une qui était tellement scandalisée qu'elle a arraché le sifflet au maître nageur et nous a menacés à coups de sifflet. Quel cirque. Les deux dames étaient dégoûtées et se demandaient où étaient nos mères pour nous apprendre la politesse. Quelquefois, les dames n'ont pas d'humanité. Il n'y a que le sang dans les films qui les émeut, le vrai sang les dégoûte. L'une d'elles a enfoncé un coton dans le nez de Grandes Oreilles, mais tellement profond qu'il a failli ressortir par l'œil. Et, en plus, il a fallu les remercier. Moi bien sûr ; Grandes Oreilles n'a pas de manières, ce qu'il a c'est beaucoup de culot.

Quand l'hémorragie s'est arrêtée, nous sommes retournés sur les lieux du crime, à la piscine, et nous avons passé un bon moment à faire une bagarre délirante de crocodiles ; une bagarre très réaliste, avec morsures et tout. C'est le genre de jeux où on se frite très vite. Ce n'est pas facile de se contrôler quand il faut mordre l'ennemi d'un coup de dents ; puis nous nous sommes assis sur les marches de l'échelle. Grandes Oreilles a regardé sa fantastique montre sous-marine : cela faisait une demi-heure que nous nous battions dans l'eau et une heure que nous avions laissé mon grand-père endormi instantanément.

Nous avions les doigts comme des petits pois qui ont trempé dans l'eau. Nous nous sommes dit que l'heure cruciale était arrivée où un grand-père te donne de l'argent pour une glace.

En retournant vers le banc de mon grand-père, nous avons vu un groupe de dames (dont les deux d'avant) qui entouraient un enfant allongé sur le dos, avec vingt-cinq pelles dans la main. L'enfant était rouge comme ces crabes que ma mère adore manger en les suçant. L'enfant rouge était mon frère. Je me suis tout de suite mis à pleurer. Je pleurais de voir mon frère si rouge et parce que les dames engueulaient mon grand-père, elles disaient qu'il était un grand-père irresponsable et indigne. Le maître nageur aux superbiceps a pris mon frère dans ses bras pour le mettre dans un taxi et l'emmener à l'hôpital. Mon grand-père et moi nous le suivions en pleurant. On aurait dit un enterrement. J'avais tellement de larmes que je ne voyais rien derrière mes lunettes. Les dames disaient que c'était sûrement un cas d'insolation au premier degré. Ça semblait terrible.

Lorsque nous sommes arrivés à l'hôpital, j'ai téléphoné à ma mère pour la rassurer, et je lui ai dit :

– Ne t'inquiète pas : c'est un cas de vie ou de mort. Dépêche-toi de venir.

J'ai entendu un cri déchirant et puis plus rien. Mon grand-père a eu une crise d'énervement de prostate et il a dû aller aux waters. La demoiselle infirmière m'a demandé ce que j'étais moi par rapport au Bêta et je lui ai dit que j'étais son frère. Puis la demoiselle infirmière m'a demandé le nom du Bêta, et j'ai encore pleuré, et je lui ai dit que je ne m'en souvenais plus. Alors mon grand-père est arrivé et il a prononcé une phrase historique :

– L'enfant s'appelle Nicolas García Moreno.

Mon frère s'appelle donc Nicolas, comme mon grand-père. C'est beau. A l'avenir, je devrai m'habituer à l'appeler par son prénom.

Puis, ma mère est arrivée. On n'aurait pas dit ma mère : elle était blanche comme Morticia, la femme de la famille Addams. Louisa l'avait emmenée dans sa voiture, avec un mouchoir blanc à la vitre. Ma mère ne nous a pas regardés, ni mon grand-père ni moi. Elle nous a ignorés. Elle est allée directement voir mon frère. En sortant, elle a dit que le Bêta resterait là toute la nuit. Mon grand-père et moi, nous avons commencé à pleurer. Et en plus, elles se sont mises à nous engueuler toutes les deux, elles ont dit à mon grand-père qu'il était irresponsable et à moi que j'étais un mauvais frère, que je ne lui avais pas mis la protection 18 ni sa casquette (comment j'aurais pu, c'est mon grand-père qui l'avait), que je n'avais pas fait attention à lui parce que je ne l'aimais pas. Ça vraiment, ce n'était pas vrai. Je peux le jurer la main sur la Bible et, s'il le faut, devant le président du gouvernement.

Le dîner d'hier a été le plus triste de nos vies. Nous ne pouvions pas nous empêcher de penser au Bêta, avec son slip blanc dix fois trop grand qu'on lui avait mis à l'hôpital. Il allait sûrement se pisser dessus en pleine nuit. Ma mère m'a dit que ça m'apprendrait à aimer plus mon frère. J'étais tellement triste qu'elle m'a acheté un supercornet pour le dessert. Je l'ai mangé, bien sûr, mais sans m'arrêter de pleurer. Je l'ai mangé pour me consoler et ça m'a un peu consolé, c'est vrai.

Je suis allé au lit sans prendre de bain parce qu'un bain sans le Bêta et sans notre impressionnant championnat de pets aquatiques n'est pas très drôle, ce n'est pas pareil.

Le lendemain, Louisa et ma mère sont allées chercher le Bêta. Pendant tout ce temps-là, mon grand-père et moi sommes restés à les attendre devant chez nous. Puis nous avons vu la voiture de Louisa apparaître, trois fois elle a calé avant d'arriver jusqu'à nous.

Le Bêta est sorti de la voiture, chargé jusqu'aux dents : il avait toujours ses pelles, les seaux et des balles en caoutchouc qu'on lui avait achetées. Il avait moins cette couleur rouge d'avant et il était plus maigre parce que quelqu'un à l'hôpital lui avait refilé une terrible *culite*. Le Bêta n'avait aucune rancune envers nous, car le Bêta ne sait pas encore ce que c'est. C'était trop génial qu'il soit de nouveau avec nous. Le soir, nous n'avons pas pu faire le fameux concours aquatique de pets dans la baignoire car quand on a une *culite*, l'effet sonore est suivi d'une réalité complètement crue.

Cette nuit, ils me l'ont mis dans mon lit. Ça ne me dérange pas qu'il pisse dedans. Il s'est endormi avec la tétine dans la bouche et la main dessus. Je crois qu'il a peur qu'un sans-gêne vienne la lui voler. Ce n'est pas vrai que je n'aime pas mon frère, j'ai seulement oublié de lui mettre la protection 18. Ça m'arrive d'être distrait.

D'ailleurs, j'ai encore oublié comment il s'appelle.

PRINCIPE D'ARCHIMÈDE

LE PLOMB COULE

Je suis un enfant à principes, crois-moi, je ne suis pas comme ce frimeur de Yihad qui est prêt à marcher sur le cadavre de n'importe qui pour arriver à ses fins. Je sais qu'on ne doit pas rire si un vieil être humain tombe par terre, que l'on ne doit pas se moquer des êtres humains qui portent des perruques, que l'on ne doit pas profiter des êtres maladroits (là il n'y a pas de problème, car généralement, je l'avoue, le plus maladroit c'est moi). Bref ce sont des principes très difficiles à suivre point par point car, sincèrement, quand un vieil être humain tombe par terre, ta première réaction c'est d'éclater de rire. Heureusement que lorsque ça arrive, tout de suite mes principes réagissent : le grand-père de service tombe, tu te mords les lèvres avec une force surhumaine et je t'assure que le rire peut se transformer en pleurs.

Une fois, mes propres lunettes ont été témoins de la chute de mon grand-père adoré et du grand-père adoré de Yihad et de la façon dont ils ont dégringolé les escaliers de mon immeuble. Tandis qu'ils roulaient l'un sur l'autre, s'échappaient des morceaux de leur corps : le dentier de mon grand-père est parti dans les airs comme s'il avait poussé un cri de terreur et la canne de M. Faustino a décrit un arc de cercle, comme un javelot. Voyant ça, il s'en est fallu de peu que j'oublie tous mes principes car le rire me sortait déjà de la bouche, mais je me suis mordu la lèvre inférieure, même que j'ai failli la perdre, je te jure. « Je perdrai ma lèvre inférieure mais pas mes principes », ai-je pensé en cherchant à quatre pattes le dentier de mon grand-père.

Un enfant à principes, voilà ce que je suis. Mais il y a des principes que je refuse. Pourquoi ? Parce que mère Nature l'a décidé ainsi. Un de ces principes est le « principe d'Archimède ».

Un jour, avant mon cours de natation, Louisa m'a lu le principe d'Archimède. Louisa avait dit à ma mère que le sport était très bien pour que je ne devienne pas un vaurien sans travail. Louisa a ajouté que les vauriens de piscine étaient ceux qui se jetaient dans l'eau et ne savaient rien faire d'autre que des rots aquatiques et des gargarismes sous-marins. Je me suis dit : « Alors je sais ce que je suis : un vaurien de piscine. »

Parce que Grandes Oreilles et moi, qui ne savons pas nager, nous passons notre temps dans l'eau à faire ce genre de cochonneries, je ne t'en dis pas plus au cas où tu serais en pleine digestion.

Louisa dit qu'aujourd'hui tous les gens importants maîtrisent un sport à la perfection : le golf, le ski, la voile, le cheval… Mais à Carabanchel, nous n'avons pas de mer, nous n'avons pas de neige, nous n'avons pas d'hippodrome. Aussi nous avons remplacé le golf par la pétanque, qui est une variante du golf mais sans herbe, sans club ni trou ni gazon. (Mon grand-père a été vice-champion au Championnat de l'Arbre du Pendu, je dis ça juste pour frimer.)

Le ski, nous l'avons remplacé par des cartons avec lesquels nous descendons lentement le Ravin, c'est une piste en terre derrière chez moi. Quand tu approches du fond du Ravin, mieux vaut fermer les yeux : la fin de la glissade consiste à se fracasser contre des machines à laver que des personnes ont laissées là un jour. Les machines à laver ne marchent pas, je te préviens. Si elles marchaient, nous les aurions déjà emportées, petit malin.

Quant aux chevaux, comme nous n'en avons pas, nous nous contentons de cet âne de Yihad, qui joue son rôle beaucoup mieux qu'un vrai âne. Lui n'a que deux pattes mais il se débrouille pour qu'elles paraissent quatre. Pour donner des coups de pied, il n'a pas son pareil.

Il se trouve que ma mère et Louisa se sont mises d'accord pour m'inscrire à des cours de natation à la piscine de mon quartier. Louisa dit qu'avoir un corps sain m'aidera à avoir un esprit sain et pas cet esprit sale que toute l'Espagne dit que j'ai.

J'ai essayé de dire à ma mère que j'avais pour principe de ne pas entrer dans une piscine où je n'ai pas pied à moins que ce soit du côté de l'échelle et accompagné de Grandes Oreilles, qui est aussi lourdaud que moi. Ce n'est pas que je sois un ennemi de l'eau. J'aime l'eau : dans un verre, dans un lavabo, dans la baignoire ; mais quel besoin de se mettre là où l'eau te met à l'épreuve dans sa redoutable immensité ? Ces deux femmes savaient-elles qu'elles m'envoyaient à une mort certaine ? Je n'exagère pas, les amis. Je connais très bien les moniteurs de la piscine de mon quartier : ça les amuse de compter les dernières bulles des pauvres enfants sans défense qui agonisent au fond.

Mais Louisa était prête à tout pour arriver à ses fins et elle a monté l'encyclopédie qu'elle s'était achetée pour participer de chez elle à *Questions pour un champion* et autres concours culturels, et elle nous a lu avec beaucoup d'autorité le célèbre principe d'Archimède :

« Tout corps plongé dans un liquide éprouve une poussée vers le haut égale au poids du volume du liquide déplacé. »

Nous sommes restés sans rien dire. D'un côté, nous étions impressionnés ; de l'autre, nous n'avions rien compris. Louisa, nous regardant comme si nous étions des ignorants, nous a expliqué :

– Manolito, tu flotteras comme n'importe quel autre corps, Archimède l'a dit jadis et je le confirme.

– Qu'importe qu'il flotte ou pas ! s'est écriée ma mère. Il faut toujours qu'il trouve à redire.

Voilà comment sont les mères, prêtes à risquer la vie de leur fils pour bien se faire voir d'une voisine.

– Pourquoi il faut à tout prix que ce soit un excellent nageur ? a demandé mon grand-père.

Elles ne l'ont même pas regardé. Chez moi, mon grand-père a le droit de parler mais pas de voter. C'est un nullard, comme moi.

Personne ne pouvait arrêter cet implacable destin. Quelques jours après, je me suis retrouvé au bord d'une piscine olympique, à improviser une prière pour qu'il n'y ait pas de problème avec le fameux principe d'Archimède, et à écouter un cours théorique sur le mouvement des bras que nous donnait le super maître nageur. Je regardais son bras, puis le mien et je pensais que ce monde était très mal fait. Il n'y a pas longtemps encore je croyais à l'histoire du vilain petit canard méprisé par tout le monde et qui, un beau jour, se transforme en cygne merveilleux. Mais l'autre jour, je me suis rendu compte que les fins, dans la vie réelle, ne sont pas aussi hallucinantes que dans les contes : sur les photos de mon père quand il était enfant, il était comme moi, petit et peu musclé, et moi je serai pareil que lui dans un futur proche. Chez les García Moreno, la bosse du biceps est réservée pour la partie du ventre. C'est comme ça, c'est notre condition.

Louisa et ma mère n'ont pas voulu rater le jour historique où j'allais me transformer en enfant nageur. Elles aussi étaient au bord de la piscine et applaudissaient, très fières, chacun de mes mouvements. Moi je bougeais les bras en imaginant que je traversais l'Atlantique Nord à la brasse. J'étais tout excité.

Cette histoire de nager commençait à me plaire. C'est alors que le superpetitmusclé a crié :

– Et maintenant la même chose mais dans l'eau !

Tous les gamins autour de moi ont plongé sans hésiter une seule fois. Moi j'ai hésité deux, trois puis quatre fois. Je n'ai pas plongé. J'avais des syncopes rien que de savoir qu'il y avait trois mètres d'eau sous moi. Ma mère et Louisa me regardaient avec des yeux anxieux. Le regard de Louisa me disait :

« Pense à Archimède. »

Le regard de ma mère me disait :

« Mon fils, pourquoi tu dois toujours te distinguer du reste de l'humanité ? »

Musclor m'a regardé de tout en haut, de tout en haut en haut et a dit l'air étonné :

– García Moreno, qu'est-ce que tu attends ?

García Moreno, c'est-à-dire moi, s'est jeté à l'eau à cause de la pression mentale à laquelle on le soumettait. Et García Moreno a senti son propre corps tomber – pataplouf ! – dans le liquide et, Archimède avait beau faire, le corps de García Moreno ne ressortait pas mais descendait, descendait et descendait.

García Moreno se souvient seulement qu'il a pleuré quand il a pu enfin respirer au bord de la piscine. Sa mère, bon, ma mère me tenait dans ses bras. Ses vêtements étaient tout mouillés. C'était elle qui avait plongé pour me sauver de cette mort en public, devant plein de personnes. Et ma mère est pourtant du genre à ne pas se séparer de l'échelle, mais elle a une étoffe de héros.

Le maître nageur a dit que ce n'était pas bien que ma mère et Louisa soient là pour la première leçon et qu'elles ne devaient pas tant me chouchouter, qu'autrement je ne deviendrais jamais un homme. Et j'ai souhaité de toutes mes forces qu'un jour cette bête humaine soit victime du fameux principe. Ce Musclor n'avait aucun sentiment, voilà ce que Louisa lui a lancé à la figure :

– Prions pour que le petit ne devienne jamais un homme comme vous.

Louisa s'était mise de mon côté et j'étais désolé pour le moniteur, car si fort que soit un moniteur, une bagarre avec Louisa se termine par une mort certaine. La mort du moniteur, je veux dire.

J'ai demandé d'une petite voix mes lunettes. Si dans des moments aussi difficiles, où tu as failli perdre la vie, tu es myope et qu'en plus tu te retrouves sans lunettes, le monde mondial devient insupportable. Lorsque tu as frôlé la mort de près comme moi, tu réfléchis beaucoup à ta dernière volonté : que ça soit clair, je veux, quelles que soient les terribles circonstances de ma mort, qu'on me mette mes lunettes.

Je n'ose même pas imaginer que je puisse me retrouver dans l'autre monde en ayant laissé mes lunettes sur la vie terrestre. On ne connaît pas de cas de mort revenant chez lui parce qu'il a oublié ses lunettes. Je ne suis pas le seul de ma famille à avoir ce genre de manie : mon grand-père, par exemple, nous répète à chaque instant que l'on ne s'avise pas de l'enterrer sans son superbe dentier.

En arrivant chez nous, Louisa et ma mère m'ont calmé, se sont beaucoup occupées de moi. Ça ne semblait pas trop les inquiéter que je ne devienne jamais un homme et ça ne semblait pas trop les inquiéter que je reste toute ma vie un enfant qui ne sait pas bien nager. Je garderais mon propre style : la nage chien à côté de l'échelle. Elles ont dit qu'elles n'avaient jamais vu un corps couler dans un liquide avec autant de pesanteur.

L'après-midi, il a fallu que Yihad donne sa version dégueulasse de ce qui m'était arrivé. Il a dit que si j'avais coulé dans l'eau c'est parce que j'étais un lourdingue. Ha, ha. Très drôle.

D'après mon père, le principe d'Archimède ne fonctionne pas sur nous, les García Moreno. Un García Moreno qui plonge dans l'eau est un García Moreno qui disparaît. Ce qui est sûr c'est que tout le monde s'est mis à parler de cette étrange histoire et qu'en ce moment, des scientifiques du monde entier se dirigent vers Carabanchel pour connaître en personne cet enfant insolite qui remet en cause un principe aussi ancien. Cet enfant insolite, cherche pas, c'est Manolito le Binoclard : moi.

C'EST TOUJOURS ÇA DE GAGNÉ

Si on faisait à mon grand-père une méga-opération d'esthétique qui lui laisserait le visage étiré et doux comme les petites fesses du Bêta, j'arriverais encore à le reconnaître dans une rangée de mille habitants de cette Planète, car même en voulant à tout prix se cacher, il y a un test crucial qui le trahirait au dernier moment, beaucoup plus qu'une cicatrice ou qu'une verrue secrètes (qu'il a d'ailleurs) :

Tu mets une cassette de valses-musettes, tu te mets devant la rangée des gens et tu attends avec émotion le résultat. Il y aura toujours un type qui sortira de la file en dansant, le sourire aux lèvres et les mains comme s'il tenait une fille invisible et supercanon. Et ce type sera, sans aucun doute possible, Nicolas Moreno : mon grand-père. Il le sait et l'avoue d'ailleurs publiquement :

– J'entends une valse-musette et mes pieds se mettent à danser tout seuls.

Là où il y a un orchestre, tu peux être sûr qu'il y a mon grand-père. Certains dimanches matin, il descend mystérieusement dans la rue avec le Bêta. Il ne dit pas où il va. Ma mère, qui doit être une parente éloignée de James Bond, dit :

– Voilà ton grand-père qui s'en va rejoindre les gars de la chèvre.

Les gars de la chèvre, ce sont ceux qui viennent les jours de fête au parc du Pendu avec une chèvre et un accordéon pour jouer des valses-musettes. Ma mère et moi nous nous mettons à la fenêtre et nous regardons mon grand-père, dansant avec le Bêta dans les bras. Ma mère dit :

– Non mais c'est pas vrai !

Et mon père la reprend :

– Mais laisse-le vivre en paix, et danser comme il en a envie.

Une fois, ma mère, qui ne se gêne pas, s'est penchée par la fenêtre à en avoir les jambes en l'air, et s'est mise à crier :

– Papa, bon Dieu, tu n'as pas honte !

– C'est toi qui n'as pas honte, Catalina, tous les voisins t'entendent.

– Eh bien qu'ils m'entendent, ça m'est égal : Papaaaaaa !

Mais mon grand-père était tellement excité avec sa valse-musette qu'il ne l'écoutait pas. Il n'y a que le Bêta qui se doutait que nous les regardions d'en haut et à chaque tour il nous faisait coucou avec sa tétine. Ma mère s'est remise à crier, en vain. Je voyais bien qu'à chaque effort qu'elle faisait pour crier ses jambes se décollaient de plus en plus du sol, mais comme elle n'aime pas qu'on l'interrompe pour rien lorsqu'elle est en pleine action, je n'ai rien dit pour ne pas faire de gaffe. Et du coup, j'ai failli perdre une mère. Soudain, elle a poussé un cri effrayant ; d'un bond mon père s'est levé comme un fou du canapé et l'a attrapée par les chevilles. Ma mère s'est assise par terre et s'est mise à pleurer tellement elle avait eu peur.

– Catalina, encore un numéro comme celui-là et tu tombes par la fenêtre et je meurs d'un infarctus.

Quel panorama ; perdre tes deux parents en même temps sous ton nez. Après ils disent que si je fais des cauchemars et que j'ai des crises de nerfs c'est parce que je regarde trop la télévision. Chez moi, la réalité dépasse n'importe quelle émission de faits divers sanguinolents.

Tu crois sans doute qu'après ce terrible incident, ma mère s'est calmée et n'a pas recrié par la fenêtre sur mon grand-père. Tu te trompes. Elle continue de crier, mais maintenant elle prend ses précautions. Elle dit à mon père :

– Manolo, tiens-moi par la jupe pendant que je crie.

Et mon père et moi nous tenons ma mère par sa jupe pendant qu'elle crie.

– Qu'est-ce que tu veux, Manolito, je préfère encore être ridicule plutôt qu'elle se tue.

Moi aussi je préfère, à dire vrai.

Mon père est partisan de laisser vivre les gens, et ma mère de ne laisser vivre personne. Surtout maintenant elle a honte parce qu'on a commencé à appeler mon grand-père « le Travolta de Carabanchel ». Elle ne veut pas être la fille de Travolta. Moi, par contre, je suis hyperfier. C'est trop cool. Comme tu vois, dans la maison des García Moreno c'est toujours le règne de la discorde.

Je t'ai mis au parfum, pour pas que tu sois surpris en apprenant que le jour de saint Pierre, le grand jour des fêtes de Carabanchel, mon grand-père, moi et le Bêta, nous étions assis au parc du Pendu, deux heures avant que n'arrivent les musiciens du Grand Orchestre Paradis, et tout ça parce que mon grand-père Nicolas aime bien regarder l'installation de la scène. Et surtout il aime voir la chanteuse entrer dans le camion pour se changer et ressortir transformée, avec une de ces robes qui brillent au rythme de la musique.

Ma mère avait dit à mon grand-père qu'il nous ramène chez nous à onze heures.

– J'ai bien dit à onze heures !

– Mais tu ne fais donc pas confiance à ton père, Catalina ?

– Non !

Voilà comment est ma mère : la vérité avant tout, même si c'est douloureux.

De toute façon, il n'était pas question que qui que ce soit nous gâche la fête. Après tout, la fabuleuse fête de saint Pierre n'a lieu qu'une fois dans l'année. Les patrons du Tropezón avaient monté un bar à l'air libre. Nous avons été les premiers à nous mettre au comptoir. Mon grand-père a dit :

– Ces deux-là et moi, nous prendrons comme d'habitude.

Ces deux-là c'étaient moi et le Bêta, puisqu'il faut que j'explique tout. Ç'a été les premiers Coca-Cola et le premier verre de rouge de la soirée.

Lorsque l'Orchestre Paradis a commencé à jouer, mon grand-père nous avait acheté au moins deux Coca en plus. Il n'aime pas boire seul. Et le Bêta et moi, nous avions réuni dans notre ventre tellement de gaz que nous avions déjà fait cinq parties de notre célèbre concours de rots. Je reconnais, même si ça me fait mal, que dans cet art le Bêta est numéro un. Je me souviendrai toujours d'un des conseils de mon grand-père :

– Dans la vie, il faut savoir perdre. Pour ça, nous les García Moreno, nous sommes des experts.

Les premiers à danser de tout Carabanchel, ç'a été mon grand-père, moi et le Bêta. Moi je le faisais en partie pour la chanteuse : c'est très triste que personne ne danse sur ce que tu chantes. Heureusement qu'à la troisième chanson, les gens ont commencé à se bouger ; j'ai pu retourner au bar du Tropezón et continuer à boire des Coca-Cola avec Grandes Oreilles, qui s'était incrusté au comptoir. De temps en temps, mon grand-père et le Bêta abandonnaient la piste pour reprendre comme d'habitude. Je ne sais pas combien d'allers-retours ils ont faits. Selon certaines versions dix, selon d'autres, douze... Et ça bien qu'il soit formellement interdit au Bêta, par ma mère et son équipe de pédiatres, de prendre du Coca-Cola, car il devient électrique et nous devons alors l'attacher aux barreaux de son berceau pour qu'il reste allongé et qu'il s'endorme.

Écoute, ce que je viens de dire, que nous l'attachons aux barreaux, c'est pas vrai. Il ne manquerait plus que tu le croies et que tu nous dénonces au commissariat le plus proche.

On peut dire que mon grand-père et le Bêta ont été les rois de la soirée. Grandes Oreilles et moi nous étions au bar à les regarder danser : une chanson des Beatles, une salsa, un twist. Parfois le Bêta se mettait à sauter, d'autres fois il demandait à être pris dans les bras, et les gens se le passaient entre eux ou le lançaient dans les airs. C'est ça qu'il aime : être la star. Mais il n'est pas encore né celui qui pourra faire de l'ombre au Travolta de Carabanchel lorsqu'il est en superforme, et ce soir-là Travolta avait une forme d'enfer.

Ce qui s'est passé ensuite, on s'en souvient encore dans tous les bars et les rues de Carabanchel. La chanteuse a commencé à chanter *La Chica yeyé**. Mon grand-père, après une petite visite au comptoir pour remplir le réservoir, comme il dit, s'est approché petit à petit de la piste. Les gens se sont écartés au fur et à mesure et personne n'a osé rivaliser avec cet être humain qui dansait, inspiré par les dieux. Ils ont fait un cercle autour de lui et se sont mis à taper des mains. Mon grand-père jetait son béret en l'air et se tordait comme un de ces contorsionnistes chinois qu'on voit dans les cirques à la télé.

Grandes Oreilles m'a dit :

---

* « La fille yéyé » : chanson espagnole des années 60.

– Ton grand-père serait génial dans une vidéo de Michael Jackson.

C'était vrai ; mais comment le dire à Michael Jackson ? Je n'ai ni son adresse ni son téléphone, et lui n'a pas l'habitude de venir à Carabanchel.

Revenons à la piste de danse. Grandes Oreilles et moi, nous nous étions mis debout sur un tabouret mais malgré ça, je voyais à peine mon grand-père à cause de tous les gens autour. Aucun doute possible : c'était un grand moment dans la vie de Nicolas Moreno, mon grand-père. Mais il faut toujours que quelqu'un vienne gâcher les instants heureux de notre vie. Soudain j'ai aperçu une femme, qui ne m'était pas inconnue, s'ouvrir un chemin à coups de coude parmi la foule qui entourait la star. Cette femme ne m'était pas inconnue car c'était... ma mère ! Elle ne l'a pas attrapé par les oreilles, mais presque. Louisa et elle lui ont pris chacune un bras, comme si c'était un prisonnier, et elles deux gendarmes. Mon grand-père s'est débattu :

– S'il te plaît, Catalina, ma chérie, je t'en supplie : je ne suis jamais parti d'une fête sans avoir dansé *La Española cuando besa...**.

Les gens savaient que sans lui la fête ne serait plus pareille. Grandes Oreilles, moi et le Bêta nous avons suivi la paire de gendarmes en notre qualité de témoins oculaires. Mon grand-père s'est retourné pour me dire à l'oreille :

---

* « L'Espagnole quand elle embrasse », chanson très connue en Espagne.

– Manolito, mon gars, essaye de retrouver mon dentier, il a dû glisser pendant que je dansais, tu sais que je ne veux pas mourir sans lui.

Il était très pâle et il m'a fait beaucoup de peine. Ma mère était tellement fâchée qu'elle ne s'est pas rendu compte que je suis resté dans le parc.

Je me suis accroupi au milieu des gens pour chercher le dentier, mais ils n'arrêtaient pas de me marcher dessus. Je l'ai dit à M. Ézéchiel, le patron du Tropezón, qui est la personne avec le plus d'autorité que je connaisse. Il m'a pris la main et nous sommes montés sur l'estrade des musiciens. La musique s'est arrêtée et M. Ézéchiel a dit :

– Chers voisins : lors des fêtes de notre quartier se sont perdus anneaux, boucles d'oreilles, lentilles… mais pour la première fois dans notre histoire on a perdu un dentier. Je vous demanderai de chercher par terre l'authentique sourire du Travolta de Carabanchel.

Je n'oublierai jamais ce que j'ai vu alors depuis l'estrade : tout le monde s'est penché et a cherché le sourire de mon grand-père.

Brusquement, Grandes Oreilles a crié :

– Je l'ai, je l'ai trouvé !

Les gens ont applaudi à tout rompre. J'ai pas trop aimé. C'est jamais facile de célébrer la victoire de ton meilleur ami.

Grandes Oreilles a donné le dentier et M. Ézéchiel a ajouté :

– En tant que président des habitants du quartier, je crois qu'il est juste que notre voisin, monsieur Nicolas Moreno, reçoive une des médailles du marathon pour tout ce qu'il a fait ce soir et pour tout ce qui l'attend à la maison.

Je suis arrivé devant mon immeuble avec le dentier et la médaille dans la poche. J'ai appelé à l'interphone, et ma mère a répondu :

– Mais qu'est-ce que tu fais là, tu n'étais pas couché ?

Incroyable. Je ne leur avais pas manqué. Il y a des moments dans la vie où tu ne sais pas si tu dois rire ou pleurer.

Mon grand-père n'était pas mort, il en avait juste l'air. Je crois qu'il est immortel.

Après lui avoir donné deux cafés et des comprimés, mes parents sont allés se coucher et j'ai sorti le dentier, j'ai soufflé un peu pour enlever la terre et je l'ai mis dans un verre avec la poudre. Puis j'ai levé sa tête, je lui ai passé la médaille et je me suis mis dans le lit à côté de lui.

– Tout le monde t'a applaudi, papou, et maman n'aura plus qu'à se taire quand elle verra que tu as gagné la médaille. Elle est en vrai bronze.

– C'est toujours ça de gagné, Manol…

Et sa tête est tombée sur le côté et s'est enfoncée dans l'épaule. Un autre aurait cru qu'il était mort ; mais moi qui connais mieux que personne les bruits et les gestes de mon grand-père, qui vois tous les après-midi comment il se décroche la mâchoire devant la télé, je savais qu'il s'était endormi.

RÊVE DE SIRÈNES

Soudain, le téléphone a sonné. Il devait être une heure du matin et nous étions tous sur le canapé en train de roupiller devant un film. Comme je n'ai plus à me lever tôt, ils m'autorisent à rester sur le canapé jusqu'à perpète. Lorsque le canapé commence à ressembler à un sauna, mon père s'écrie :

– Punaise, quelle chaleur, vous m'asphyxiez. Au lit, sangsues !

Mon père nous appelle comme ça. Il dit que nous sommes ses sangsues, que nous nous collons à son ventre et que lorsqu'il regarde une émission à la télé, nous en profitons pour lui sucer le sang. Nous sommes, sans aucun doute, les deux fils les plus collants du monde mondial. A celui qui sera le plus collant. Nous adorons nous endormir sur mon père. Avant, la bedaine de mon père était pour moi tout seul. C'était une autre époque. Maintenant je dois la partager avec le Bêta. Heureusement que mon père boit un maximum de bières pour avoir un ventre toujours plus gros, où il y ait suffisamment de place pour nous deux sans que l'on se batte. Quand nous sommes sur lui depuis un moment, il se met à suer à grosses gouttes, il nous crie dessus et nous jette sur ma mère et nous insulte pour que nous partions, mais c'est trop dur pour lui car nous sommes de véritables… sangsues !

Cette nuit dont je parlais tout à l'heure, mon père avait essayé plusieurs fois de nous décoller, il se fâchait, mais ensuite il éclatait de rire quand le Bêta lui mettait la tétine dans le nombril. Ma mère avait mis aussi ses pieds sur lui et mon père disait :

– Mon Dieu, j'étouffe. Si ça continue, je retourne dans le camion.

Alors le Bêta et moi nous remontions sur lui car nous n'aimons pas ses menaces de fuite. C'est déjà assez dur comme ça qu'il ne dorme pas chez nous du lundi au jeudi.

– Catalina, fais quelque chose, ils vont me tuer ce soir !

– Au moins comme ça, tu sauras combien tes fils sont collants, lui a répondu ma mère en rapprochant encore plus ses pieds de la tête de mon père.

Ma mère ne fait ces blagues que le vendredi, quand mon père revient de la route. Car c'est le jour où elle est contente. Mon grand-père, du meuble-bar où il prenait sa fameuse soupette du soir, a déclaré :

– Manolo, après tu vas te plaindre que tu manques de chaleur familiale.

C'est juste après cette phrase de mon grand-père que le téléphone a sonné. Et comme il était au moins une heure du matin, nous avons tous eu peur. Ma mère s'est écriée :

– Mon Dieu, qui a bien pu se tuer ?

Avec ma mère il n'y a pas de juste milieu : si quelqu'un appelle à une heure du matin c'est parce qu'il vient de se tuer et qu'il appelle de son lit de mort au funérarium. Mais elle se trompait. Celui qui appelait c'était mon super-oncle Nicolas, son frère, qui est parti il y a un an travailler à Oslo (Norvège) et qui fait fortune comme serveur dans un restaurant italien. Bientôt, mon oncle sera le patron car, chaque jour, il devient plus italien. Même que lorsqu'il téléphone du restaurant, il parle espagnol avec un accent italien.

Mon oncle a dit que s'il appelait si tard c'est parce qu'il venait de demander à une fille norvégienne de se marier avec lui et elle avait dit oui (en norvégien) et il voulait nous l'amener pour que nous donnions notre bénédiction.

Ç'a été le début de l'expérience la plus importante de ma vie ; imagine, les García Moreno nous ne nous étions encore jamais mélangés avec des personnes d'autres pays, et c'est un petit pas qui peut changer l'histoire de l'humanité.

Pendant les cinq jours qui ont précédé l'arrivée de mon oncle, ma famille a vécu au bord de l'infarctus meurtrier. Louisa et ma mère n'ont pas arrêté de désinfecter la maison et l'escalier, elles frottaient et frottaient jusqu'à ce que ça brille. Je crois même qu'elles ont passé un coup de chiffon sur le crâne chauve de Barnabé.

Ç'a été vendredi, enfin, le grand jour, que nous appellerons A (comme arrivée bien sûr). Nous sommes tous allés en taxi à l'aéroport car pour aller à l'aéroport d'International, ma mère n'aime pas prendre le camion, elle dit que les gens te regardent comme si tu étais un camionneur. Parfois ma mère ne doit pas se rappeler que mon père est camionneur, ou alors je ne comprends pas.

Nous étions sur le point d'arriver. J'avais déjà été trois fois à l'aéroport ; les trois fois pour aller chercher mon oncle Nicolas : c'est la seule personne de ma famille qui voyage en avion, aussi dès que je rêve d'avion ou d'aéroport mon oncle Nicolas est le héros. Quand j'ai vu avec mes lunettes l'énorme panneau où était écrit international et que j'ai vu que le chauffeur ne faisait pas attention, j'ai eu tellement peur qu'il se trompe et tellement les nerfs qu'on ne retrouve pas mon oncle, que j'ai attrapé la tête du chauffeur par derrière et j'ai crié :

– Eh ! mon oncle d'Oslo arrive par là !

Le chauffeur a freiné brusquement, s'est retourné et a dit à mon père :

– Si vous ne donnez pas une claque à ce sale gosse c'est moi qui lui donne, croyez-moi, j'en meurs d'envie.

Et mon père a répondu :

– Vous en donnerez en rentrant chez vous aux trois que vous avez sur la photo, mais au mien c'est moi qui lui donne, car que je sache, c'est moi qui l'entretiens.

J'ai pensé :

« Comment il est cool, mon père. »

Je l'ai pensé un moment seulement, jusqu'à ce qu'on

sorte du taxi et que me tombe dessus la baffe annoncée. Alors j'ai pensé :

« Je retire ce que j'ai dit : mon père n'est pas cool. »

T'imagines pas comment j'ai halluciné dans l'aéroport d'International. Il y avait même une famille de Noirs d'une tribu : avec le père, la mère et leurs enfants. Il y avait des chariots pour porter les valises, j'en ai pris un car c'était gratuit, j'ai monté le Bêta dessus, mais voilà qu'un type s'est pointé au milieu, et le temps d'un cafouillage au niveau des commandes, je l'ai renversé, et j'avais beau lui dire : « J'ai pas fait exprès, j'ai pas fait exprès », rien à faire, le type n'a pas arrêté de se plaindre à mon père, à croire qu'il en rajoutait, plein de mauvaise foi. Et mon père, qui est toujours hyperénervé dans les aéroports, m'a donné une autre baffe en solidarité avec le type, le chauffeur de taxi et les autres de la tribu. A ce moment-là, lorsque j'avais décidé de me mettre à pleurer pour faire plaisir à mon père (car il aime que tu t'exprimes quand tu as mal, il n'aime pas que tu joues les durs), les portes se sont ouvertes et Elle est apparue, et mon oncle derrière.

Mon oncle, qui pour moi a toujours été quelqu'un de grand, lui arrivait au nombril, donc moi, à ma future tante de Norvège, je lui arrivais aux pieds. Parlons-en des pieds... Ma future tante de Norvège avait de ces pieds immenses avec des jambes comme deux colonnes de temple grec, couvertes de poils très longs et très blonds. Plus tard, mon oncle nous a expliqué que les femmes vikings sont très nature et qu'elles ne s'épilent

ARRIVÉES

pas à la cire comme ma mère, qui a les poils aussi longs mais noirs. Ma future tante viking a un visage très blanc avec une tache rouge sur chaque joue, elle est supergrande, la femme la plus grande que j'aie vue de ma vie, et nous étions tous hypnotisés par elle. Mon oncle a demandé avec un sourire jusqu'aux oreilles :

– Comment vous trouvez ma fiancée ?

– Très bien, mais on se demande où on va la mettre, a répondu mon grand-père.

D'abord, nous l'avons mise dans le taxi, avec mon grand-père et moi, un de chaque côté. La jupe de ma future tante de Norvège s'était un peu remontée et l'on voyait ses poils si blonds et si beaux briller sur ses jambes si grandes. Mon grand-père et moi nous l'avons regardée pendant tout le trajet. De temps en temps je devais me souvenir d'avaler ma salive. Mon grand-père oubliait et de temps en temps il devait se souvenir de la ramasser dans son mouchoir.

Quand nous sommes arrivés devant chez moi et que nous sommes sortis des deux taxis, j'ai eu l'impression qu'à côté d'elle nous étions comme les nains de Blanche-Neige.

Les trois jours qu'ils sont restés à la maison, nous n'avons regardé qu'elle. Mon grand-père n'a même pas vu ses feuilletons à la télé.

Le Bêta et moi, nous en avons oublié les dessins animés. Nous la regardions aussi fixement que lorsque nous regardons la télévision.

Le seul qu'elle prenait dans ses bras, c'était le Bêta, qui est du genre gonflé. C'est normal, elle n'allait pas prendre mon grand-père, quoiqu'à mon grand-père ça lui aurait beaucoup plu. Il disait :

– Regarde celui-là, il est arrivé le dernier et c'est lui qui a le plus de chance.

Ma mère a commencé à s'énerver dès le deuxième jour. Elle n'arrêtait pas de critiquer la Norvégienne tout bas à l'oreille de mon grand-père :

– Elle a un très bon appétit, mais elle ne met jamais les pieds dans la cuisine.

– Écoute, lui répondait mon grand-père, pour les deux jours qu'elle vient en Espagne, tu ne voudrais pas qu'elle se mette à cuisiner.

Comme ma mère n'avait aucun succès avec mon grand-père, elle chuchotait à l'oreille de mon père :

– Tu ne vas pas me dire que c'est beau une femme avec des poils.

– Ils sont tellement blonds, Catalina, qu'on ne les remarque pas, lui a répondu mon père.

Puis, à l'oreille de mon oncle :

– Tu as l'air ensorcelé, toute la journée tu es derrière elle. Vu comme elle est grande, elle te laissera pour un autre aussi grand qu'elle.

– Tu trouves pas qu'elle ressemble à une sirène ? lui disait mon oncle, qui ne fait jamais très attention à ce que dit ma mère.

Alors ma mère est venue me dire à l'oreille :

– Tu n'as pas besoin de la suivre dans toute la maison.

– Je la suis au cas où elle ferait tomber quelque chose. Elle est tellement grande… – c'est tout ce que j'ai pu trouver.

A la fin, elle a descendu le Bêta des bras de ma future tante de Norvège et lui a dit :

– Bébé est trop grand pour passer la journée dans les bras.

Le Bêta l'a regardée fixement, comme il regarde lorsqu'il est indigné, et, sans rien dire, il est remonté dans les bras de la super-fiancée de mon oncle Nicolas. Quand le Bêta a ce regard-là, même ma mère n'ose pas le contrarier ; il pourrait se transformer en véritable furie, comme la fille démoniaque de *L'Exorciste*.

Une mère jalouse peut être terrible. Une mère jalouse à qui personne ne fait attention, je ne la souhaite à personne.

Tandis qu'elle allait d'une oreille à l'autre pour parler des défauts de la Norvégienne, moi j'ai passé les trois jours les plus importants de ma vie. Mon oncle m'a laissé l'emmener dans tout Carabanchel, pour que je lui montre le quartier et pour que le quartier la voie... avec moi. Elle ne comprenait aucun mot de ce que je lui disais, mais elle devinait tout car je le lui expliquais avec des gestes. Je me suis rendu compte que j'aurais été un grand acteur de cinéma muet. Dommage que je sois né si tard.

Je lui ai expliqué tous les secrets de mon quartier : le parc du Pendu, la prison de Carabanchel (je lui ai même raconté le truc des prisonniers en liberté surveillée), les pains au chocolat que vend Mme Porfiria, le bar du Tropezón, et que la cuisinière du Ching-Chong est tombée enceinte du serveur chinois et que dans six mois nous verrons la tête du mélange. Je lui ai aussi montré mon école et je lui ai parlé longtemps de Yihad, de combien j'étais content de ne pas le voir. Comme ma future tante, la pauvre, ne connaît pas les gros mots en espagnol, je ne me suis pas privé d'insulter Yihad avec tous ceux que je connaissais de A jusqu'à Z, et elle tout ce temps-là souriait. C'est ça qui est bien de parler avec quelqu'un qui ne te comprend pas, tu as plus de liberté.

Partout où j'allais avec elle, j'avais du succès. Elle, elle faisait ce que mon oncle Nicolas lui avait dit : elle disait « Bonjour », embrassait deux fois les femmes et serrait la main aux hommes, et tout allait à merveille. Mon oncle pourrait être prof : cinquante fois il lui a répété qu'il ne fallait embrasser que les femmes et qu'avec les hommes il fallait juste serrer la main. Et comme elle riait, il lui a encore répété. Mon oncle m'a demandé de lui raconter au retour si elle avait suivi au pied de la lettre ses instructions. J'ai fait tout ce que j'ai pu pour qu'elle ne se trompe pas : quand M. Ézéchiel, le patron du Tropezón, a fait le tour de son comptoir pour la prendre dans ses bras, je l'ai prévenu :

– Mon oncle Nicolas lui a appris qu'à Carabanchel, aux hommes on doit juste leur serrer la main.

M. Ézéchiel m'a répondu en riant :

– Dis à ton oncle de descendre et nous parlerons lui et moi des coutumes de Carabanchel.

Mon oncle est descendu et a retrouvé ses anciens amis d'il y a deux ans quand il vivait dans le quartier.

Mon oncle Nicolas a beaucoup parlé de la Norvège, qu'à trois heures de l'après-midi il fait déjà nuit et que le mieux qu'il y avait à faire à Oslo c'était de se trouver une fiancée comme la sienne, pour ne pas être triste même quand il fait nuit. Mon oncle Nicolas dit que même si la Norvège c'est très beau, lui est en train d'économiser pour monter un jour un restaurant italien à Carabanchel. Mon oncle Nicolas disait ça sans lâcher la main de sa fiancée, et moi je l'écoutais sans lâcher la main de ma future tante. Les deux mains, tu as dû t'en rendre compte, étaient de la même Norvégienne.

Ma tante de Norvège a été un événement dont les habitants de Carabanchel se souviendront encore longtemps. Même ma mère, qui n'arrêtait pas de la critiquer, a commencé à se vanter, et sa belle-sœur par-ci et sa belle-sœur par-là. Je ne la reverrai pas avant le prochain Noël. D'un côté, je veux que l'été ne se finisse pas et, de l'autre, je veux qu'ils reviennent. C'est dur la vie.

Pour le dernier soir, mon oncle Nicolas m'a dit de dormir avec eux sur le canapé-lit du salon. Eux riaient beaucoup de me voir au milieu tandis que moi j'étais très gêné. J'ai dit à mon oncle :

– C'est vrai ce que tu as dit, oncle Nicolas, elle ressemble à une sirène mais en très grand, de la taille d'une baleine.

Mon oncle le lui a dit dans sa langue, en oslois. Et ma future tante de Norvège a éclaté de rire. Cette nuit-là, j'ai rêvé de sirènes norvégiennes sur le lac de la Casa de Campo*. Ça doit être pour ça qu'il est arrivé ce qui est arrivé. Elle m'a dit qu'elle ne le raconterait jamais à personne. Mon oncle me l'a traduit. Maintenant que j'ai un secret avec une Norvégienne, je ne suis plus le même qu'avant, je suis le type le plus important que je connaisse. Personne de ma classe n'a un secret international. Même si le secret c'est que... que... je me suis fait pipi dessus.

– C'est normal, a dit mon oncle Nicolas. Ça arrive à chaque fois qu'on rêve de sirènes.

---

* La Casa de Campo est un grand parc dans la banlieue de Madrid.

Moutarde, mon ami de toujours

Avant-hier, à quatre heures de l'après-midi, alors que tout Carabanchel faisait la sieste, le Bêta et moi nous étions dans la rue à parler de nos petites choses. J'étais en train de lui donner quelques conseils pratiques sur la vie et les problèmes que celle-ci nous pose. Le sujet était : « Comment manger une glace à quatre heures de l'après-midi ? » On la suce, diront certains, on la mord, diront d'autres. Vous êtes tous très malins. J'aimerais vous voir essayer de manger une glace dans mon quartier à cette heure-ci, sans tacher le T-shirt que votre mère vous a donné propre le matin. Moi, il m'a fallu des années d'entraînement. Maintenant je suis un maître et j'apprends à mon élève.

Si tu veux un sauna gratuit, je te conseille de t'asseoir avec une serviette dans le parc du Pendu à cette heure mortelle. En cinq minutes, tu es déshydraté ; en dix minutes, tu es mort. Tu te demandes bien comment nous, nous arrivons à survivre. Des scientifiques du monde entier sont venus dans mon quartier étudier cet étrange mécanisme de survie dans des situations extrêmes. Ils n'ont pu obtenir aucune réponse, seulement une hypothèse :

« Les habitants de Carabanchel sont faits d'une autre pâte que le reste des humains. S'il y avait une hécatombe nucléaire, il ne survivrait que les insectes et les habitants de ce lieu étrange. »

Je suis d'accord avec cette hypothèse car je la vérifie tous les après-midi. Après le déjeuner, mon grand-père met son béret et son dentier et descend avec nous dans la rue. Pendant que nous partons faire un petit tour avec la glace qu'il nous achète au Tropezón, mon grand-père ronfle un bon moment sur le banc du parc. Il dit que la chaleur, c'est très bon pour ses os. Parfois, quand nous voulons le réveiller et que nous lui enlevons son béret, il a la tête qui brûle. On pourrait cuire un œuf sur la tête de mon grand-père. Un jour, des touristes sont descendus d'une voiture et l'ont pris en photo pendant qu'il dormait, et le Bêta et moi nous nous sommes mis chacun d'un côté. Les touristes sont repartis tout de suite car ils étaient sur le point d'avoir un malaise mortel avec des brûlures au premier degré.

Tout ça pour te dire que ce n'est pas facile à ces heures-là de tenir une glace dans la main sans qu'elle fonde. Moi, en tant qu'expert dévorateur de glaces, j'ai ma méthode :

1. Il faut la manger très vite.

2. Donner de grands coups de langue, pour pas qu'elle goutte.

3. Surprendre la glace en la léchant avant qu'elle te surprenne en te tachant.

Surtout que chez moi la tache est sanctionnée : « une tache = une tape ». J'ai fait pas mal de progrès : il y a deux ans, j'en faisais beaucoup plus que maintenant. Mais évidemment, aujourd'hui c'est moi qui suis responsable du Bêta. Lui, on ne le gronde jamais vraiment ; c'est pour ça que dans la vie il est si cool. Le mec avale sa glace sans se presser, met les doigts dans le cornet, les essuie ensuite sur son pantalon, et suce le morceau de vêtement où est tombée la grosse goutte. Si la glace est au chocolat, le Bêta devient marron (le slip avec) ; si la glace est à la fraise, il devient rose. Le problème c'est que parfois il se débrouille pour me tacher. Lui ça ne le dérange pas. Moi, par contre, quand je mange une glace avec lui à quatre heures de l'après-midi, je deviens de plus en plus nerveux, rien que de penser aux futures tapes qui vont survoler ma nuque.

C'était de ça que je parlais avec le Bêta avant-hier. Pendant que je lui donnais mille et un conseils sur la façon de manger une glace, lui se tartinait tout le corps avec le cornet, comme ma mère avec la boule du déodorant. Aussi je lui ai dit :

– Mais tu piges ce que je dis ?

– Bébé veut parler avec Manolito.

Cela veut dire :

« Je veux manger ma glace pendant que toi tu me parles » ou « Même si je ne fais pas attention à toi, j'aime bien que tu racontes ta vie. » Je ne sais pas pourquoi, mais j'ai obéi à ses ordres. En fait si, je sais pourquoi : parce que je suis un mec sympa et parce que si je ne le fais pas, il est capable de se mettre à pleurer et de réveiller ma mère pendant sa sieste (ma mère a une antenne spéciale pour écouter le Bêta pleurer à plusieurs kilomètres de distance).

Je me suis mis à lui dire que j'en avais marre de passer mes après-midi avec un enfant aussi petit que lui, que j'avais besoin de parler avec des gens de ma génération, que j'en avais marre que tous mes amis soient en vacances…

– Moi aussi j'en ai marre.

Mon cœur a sursauté. J'ai regardé le Bêta. Je n'arrivais pas à croire qu'il avait dit cette phrase-là. Ce n'était pas son style. Lui qui parle toujours à la troisième personne. J'ai découvert alors que la voix venait d'ailleurs. Celui qui avait prononcé ces mots était assis à la fenêtre d'un rez-de-chaussée, à côté du Tropezón. C'était Moutarde ! Moutarde, mon camarade de classe !

– Tu veux venir chez moi ? m'a-t-il demandé.

Quelle surprise ! Le Bêta et moi nous sommes allés chez lui. Je n'y étais encore jamais allé car Moutarde et moi, ça ne nous était encore jamais venu à l'idée d'être amis. Je suis entré en parlant tout bas : ma mère nous a déjà dit qu'à cette heure-là, on parle comme ça pour ne réveiller personne. Elle dit que lorsque tu réveilles une mère pendant la sieste, elle devient malade du cœur. La mère de Moutarde n'était pas là car la mère

de Moutarde fait des ménages à domicile toute la journée, et le père de Moutarde est parti de chez eux il y a deux ans et depuis ils n'ont plus aucune nouvelle. Ce n'est pas lui qui me l'a raconté, je le sais par Louisa, qui est au courant de tout ce qui se passe à Carabanchel. Pour plus d'informations, je lui ai demandé :

– Et ta mère ?

– Elle fait ses ménages.

– Et ton père ?

– Je ne sais pas et je m'en fous.

Puisque lui s'en foutait, moi aussi ; c'était chez lui ici, et mon grand-père dit que dans une discussion, le maître de maison a toujours raison. Il dit que c'est comme ça dans n'importe quel pays du monde. On a donc laissé tomber le père et Moutarde s'est mis à parler de sa mère. Il m'a raconté qu'une fois, elle a nettoyé tout l'escalier de la tour Picasso, qui a vingt-cinq étages.

Connaissant son fils, ça ne m'étonne pas : je t'ai déjà dit qu'à l'école, nous l'appelons la « Fourmi Atomique » car il est petit et terriblement rapide. Une fois, il a réussi à dépasser la vitesse de la lumière. Ç'a été prouvé avec un chronomètre devant notaire. Moutarde est le seul enfant de ma classe qui soit plus petit que moi ; rien que pour ça j'ai toujours eu un peu d'affection pour lui. Mais m'dame Asunción dit que la raison pour laquelle, un jour, Moutarde sera connu à l'étranger, c'est parce qu'il est un grand chanteur.

A chaque fin de classe, Moutarde chante une chanson. Il chante mieux que les Petits Chanteurs à la Croix de Bois et que Pavarotti. En fait, j'avais jamais beaucoup parlé avec lui ; je l'avais juste entendu chanter. Moutarde ne parle presque pas avec les mecs de ma bande. Il parle toujours à voix basse et seulement avec celui qui s'assoit à côté de lui. Il fait ça parce que m'dame dit qu'il est timide, comme tous les grands hommes célèbres quand ils ont été enfants. Cela veut dire que je ne serai jamais un homme illustre, car je ne suis pas timide. J'essaye ; parfois le matin, je me dis : « Aujourd'hui, je vais devenir un timide, je serai un enfant muet, intéressant, comme ceux qui gardent deux ou trois grands secrets », mais j'ai beau faire, j'y arrive pas. Dès que m'dame pose une question, je lève la main que je sache ou pas la réponse. Je parle avec tout le monde, je suis un enfant sans vie intérieure.

Mais là, en plein été, dans Carabanchel désert, Moutarde est le seul enfant avec qui je peux jouer.

– Pourquoi tu ne viens jamais au parc du Pendu avec nous ?

– Je ne viens pas parce que tu es de la bande à Yihad et Yihad se moque toujours de moi et que vous, vous rigolez.

J'ai dû lui dire que Yihad se moquait aussi de moi et que ce n'était pas vrai que je rigolais. Je mentais. Moutarde avait certainement raison. Comme Yihad est toujours en train de me chercher, c'est vrai que ça me fait plaisir quand il fait son frimeur avec un autre. C'est humain. C'est également horrible. Je suis devenu tout rouge en dedans, c'est une faculté que j'ai pour que ça ne se remarque pas.

– Bon, mais comme Yihad n'est pas là, nous pouvons faire une autre bande, ai-je dit pour casser la tension ambiante. Nous sommes trois en comptant le Bêta.

– Non, nous sommes quatre.

Dans sa minuscule chambre il y avait sa petite sœur, Mélanie, qui devait avoir l'âge du Bêta.

– Génial, ai-je dit.

Nous avons laissé les deux petits jouer aux Lego, et Moutarde nous a préparé deux super-Nesquik et nous nous sommes empiffrés de Chocapic. Trop cool sa petite maison.

– Ne fais pas attention à ce frimeur de Yihad – ça commençait à me plaire de donner des conseils – ; mon grand-père dit qu'un jour arrivera où je lui donnerai des pichenettes avec le menton. Pour toi ce sera encore plus facile ; lorsque tu seras un chanteur célèbre, même le plus crâneur ne pourra pas te chercher. Peut-être même qu'un jour, Yihad s'agenouillera et te dira : « Moutarde, Moutarde, pardonne-moi pour tout ce que je t'ai fait et laisse-moi te porter ta guitare, car je suis au chômage. »

Moutarde a éclaté de rire.

– Avant de devenir un chanteur célèbre, je veux être dentiste.

Ça me serait jamais venu à l'idée de choisir cette profession. Parfois les dents des gens me dégoûtent franchement ; mais Moutarde avait ses raisons :

– Comme ça, je pourrai acheter l'appareil dont j'ai besoin et j'aurai l'argent pour que ma mère se soigne ses dents cariées.

Moutarde a ouvert la bouche pour me montrer ses dents de devant qui sont un peu penchées vers l'avant.

– Moi quand je serai grand, lui ai-je dit, j'enlèverai mes lunettes et je me mettrai des lentilles bleues.

– Cool, a dit Moutarde. Tu peux aussi devenir oculiste et tu n'auras plus de problème de lentilles.

– Oui, mais c'est que depuis un mois déjà, je veux être un acteur plutôt célèbre internationalement.

– OK, mais tu peux être d'abord oculiste et une fois que tu as tes lentilles bleues graduées, tu cherches du travail comme acteur. Ils te donneront beaucoup plus facilement du travail comme acteur international si tu te présentes avec les yeux bleus plutôt qu'avec les yeux marron que nous avons tous, ce sont des yeux qui ne mènent nulle part.

– Super – j'aimais cette idée.

Moutarde avait des solutions pratiques pour chaque chose et nous étions d'accord sur tout. Je me suis rendu compte que nous étions en train de devenir des amis de toujours. Soudain, nous avons entendu des cris épouvantables. Ils venaient de la chambre. Nous sommes arrivés en courant. Le Bêta et la sœur de Moutarde se tenaient par les cheveux. Ils étaient rouges et criaient tous les deux. Moutarde a pris sa sœur par le dos et moi le Bêta. On a eu du mal à les séparer. Quand enfin nous y sommes parvenus, chaque nain avait dans la main une poignée de cheveux de l'autre. Ils haletaient et se regardaient avec énormément de haine.

– Celle-là a fait beaucoup de mal à bébé, a dit le Bêta, qui s'est mis à pleurer dans mes bras.

– Il a failli me tuer, a dit Mélanie, et elle aussi s'est mise à pleurer dans les bras de son frère.

Ç'a été très dur pour qu'ils se remettent à jouer ensemble. Nous avons dû les surveiller, car de temps de temps l'un balançait une claque mortelle à l'autre et ils repartaient à la charge.

– La mienne a la main facile, a remarqué Moutarde.

– Le mien est très capricieux. Il faut dire qu'il est très mal élevé, ai-je répondu.

Au moment de partir, nous les avons obligés à s'embrasser. Nous savions tous les deux que nos terribles élèves devaient bien s'entendre, qu'ils le veuillent ou pas, car ils allaient passer de nombreux après-midi ensemble.

Avant de m'en aller, j'ai demandé à Moutarde :

– Tu feras un nouveau dentier à mon grand-père pour plus qu'il tombe.

– Pas de problème.

– Demain à quatre heures au Pendu. Mon grand-père vous achètera une glace. Comme il touche une très petite pension, il dépense tout dans les glaces et autres trucs du même genre.

– Quel veinard ! a dit Moutarde.

Puis il est apparu à la fenêtre de son minuscule appartement pour nous dire au revoir.

– Je devrai emmener Mélanie, car ma mère ne rentre pas avant six heures.

– Et moi le Bêta car ma mère ne peut pas vivre sans faire la sieste.

Comment avais-je pu passer trois ans dans la même classe que Moutarde sans être devenu son ami intime ? Sûrement parce que Yihad ne l'avait jamais laissé s'approcher. Carabanchel sans Yihad c'était trop cool. Grandes Oreilles était mon meilleur ami, bien sûr, mais ça ne le dérangeait pas de me trahir à la première occasion. En plus, il m'avait laissé tout seul, comme une vieille chaussette, tout l'été ; il ne m'avait même pas invité à aller à Carcagente, tout en sachant très bien que mes parents n'avaient pas d'argent cet été pour nous emmener quelque part.

Tous mes amis pouvaient bien rester toute leur vie en vacances. Sans bouger de mon quartier, je m'étais fait un ami de toujours.

LE RETOUR DE GRANDES OREILLES

– Manolito… tu ne me reconnais pas ?

– Grandes O' !

Grandes Oreilles était rentré. Un mois seulement était passé depuis qu'il était parti en vacances, et déjà sa voix me semblait super bizarre ; pourtant, les onze autres mois de l'année, nous nous téléphonons trois, quatre fois dans la journée. Ma mère dit toujours :

– Raccroche ! Bon dieu, on peut savoir ce que vous avez encore à vous dire ? Vous êtes ensemble toute la journée !

Je raccroche, et aussitôt elle appelle Louisa et elles passent deux heures à se raconter leurs histoires. Alors que Louisa habite l'étage en dessous. C'est ce qu'on appelle montrer l'exemple. L'exemple contraire.

– Je viens d'arriver, a ajouté Grandes Oreilles. J'ai été à Carcagente avec mon père et ensuite à Carcagente avec ma mère, j'avais une bande d'enfer, j'allais au cinoche gratis car c'est mon oncle qui faisait les entrées, et une nuit je me suis couché à trois heures du matin car je suis allé au bal de Carcagente, qui est cent fois plus cool que celui d'ici, et une fille m'a demandé trois fois de danser avec elle, je te jure. Même qu'à la troisième fois, je lui ai dit : « Je ne danse jamais trois fois avec la même fille. » Comme ça je lui ai dit. Et toi, t'étais où ?

– Ici...

– Je t'ai rapporté une petite cruche avec écrit dessus « Souvenir de Carcagente » et à Susana un cendrier avec écrit dessus la même chose, « Souvenir de Carcagente ». Tu as vu Yihad cet été ?

– Non, il n'était pas là non plus.

– L'ennui que ça a dû être pour toi, mec...

– Pas tant que ça, lui ai-je répondu car il commençait à m'énerver.

– Moi par contre, à Carcagente, j'ai pas vu le temps passer. A mon avis, à Carcagente, les jours ne durent que vingt-deux heures, sinon je ne vois pas comment c'est possible. Je suis rentré superbronzé, mec. A Carcagente, tu te mets cinq minutes au soleil et t'es noir. Et toi, mec, t'es noir ?

Je n'étais pas noir, j'étais vert, vert de l'écouter. Mais Grandes Oreilles n'était pas décidé à me laisser tranquille. Il lui fallait quelqu'un pour se vanter de ses vacances de mes deux.

– Je vais demander à ma mère si elle me laisse aller chez toi.

Et sa mère l'a laissé, évidemment. Sa mère le laisse faire tout le temps.

Dix minutes plus tard, Grandes Oreilles frappait à la porte. Quand j'ai ouvert, nous nous sommes regardés comme des inconnus, comme si nous ne nous connaissions que par photo ou par annonces. Il ne ressemblait pas à mon ami, il était très bronzé et plus gros. En plus, il portait des baskets noires que je n'avais jamais vues. Ça, ça fait mal : tu te sépares d'un ami pendant un mois et quand tu le revois, il s'est acheté des pompes neuves.

– Elles te plaisent ? m'a-t-il demandé en soulevant un pied après l'autre. Je me les suis achetées à Carcagente. Ce sont celles que porte Zamorano* pour sortir l'après-midi après les entraînements.

– Et comment tu sais ça ? – j'ai horreur des gens qui friment sans apporter aucune preuve.

– Je l'ai vu dans une revue chez le coiffeur de Carcagente le jour où il m'a coupé les cheveux.

Devant une preuve aussi évidente, j'ai dû me taire. Mais j'ai décidé de me taire pour de bon. Je me suis assis sur le canapé et je suis resté là sans moufter pendant que Grandes Oreilles faisait le mec sympa avec mon grand-père, avec ma mère et avec le Bêta. Sa spécialité, c'est de se faire bien voir des membres de ma famille.

– Manolito, puisque tu voulais que ton ami revienne. Tu as passé tout l'été à répéter : « Je m'ennuie sans Grandes Oreilles », et quand Grandes Oreilles revient tu ne fais même pas attention à lui. Cet enfant est vraiment bizarre.

---

* Zamorano : joueur de football chilien qui joue à l'Inter de Milan.

Plus ma mère me disait ça, et plus je regardais la télévision. C'est le genre de moment où tu hais ton meilleur ami et ta propre mère mais sans trop savoir pourquoi.

Grandes Oreilles n'arrêtait pas de raconter des merveilles sur Carcagente. Horreur : nous en étions arrivés au chapitre des fêtes :

– ... soudain j'ai vu que la fille venait directement vers moi. Il y avait un tas de garçons, mais elle est venue droit vers moi, comme s'il n'existait personne d'autre au monde. Pour ne pas dire non, j'ai dansé avec elle. Après elle m'a encore choisi. J'ai dansé une deuxième fois avec elle parce que je n'aime pas passer pour quelqu'un de désagréable.

– Tu as bien fait, a dit mon grand-père. La fille étant de Carcagente, les gens auraient pensé : « Regardez-moi ce jeune de Madrid, comme il s'y croit, dire non à la fille la plus canon de Carcagente. »

– Oui, c'est ce que j'ai pensé ! a crié Grandes Oreilles, qui était tout content que mon grand-père le comprenne à la perfection, mais c'est que la fille est partie pour me rechoisir une troisième fois...

– Et qu'est-ce que tu as fait ? ont demandé ma mère et mon grand-père comme si c'était l'histoire la plus passionnante qu'ils entendaient de leur vie.

– Je lui ai dit : « Désolé, j'ai pour habitude de ne pas danser trois fois avec la même fille. » Voilà ce que j'ai dit, avec ces mots-là.

Ma mère et mon grand-père se sont mis à éclater de rire et le Bêta s'est mis à applaudir. Ils ne faisaient pas

du tout attention à moi, et pourtant je faisais mon grognon avec toute la force dont je suis capable.

Grandes Oreilles a continué encore avec ses histoires drôles. Il a raconté que ses grands-parents-du-côté-de-sa-mère ne se parlaient pas avec ses grands-parents-du-côté-de-son-père et que lui servait de messager entre les deux bandes. Il nous a dit qu'il avait grossi parce que ses deux grands-mères étaient persuadées que, dans la maison de l'autre, Grandes Oreilles mourait de faim. Il nous a montré son ventre et son dos pour que nous voyions les terribles effets du soleil de Carcagente, mais le strip-tease ne s'est pas arrêté là : pour nous prouver combien il avait grossi et combien il avait grandi, il nous a affirmé qu'on avait dû lui acheter un slip d'une taille au-dessus. Et qu'est-ce que tu crois qu'il a fait ? Il l'a baissé un peu du côté des fesses pour que ma mère puisse regarder derrière. Ma mère a vérifié la taille, comme si elle était notaire, et elle a dit devant le public présent :

– En effet, cet enfant a grossi jusqu'à changer de taille de slip.

– Incroyable ! s'est exclamé mon grand-père, qui était lui aussi très fayot cet après-midi.

Et comme il avait descendu un peu son pantalon, il en a profité pour nous montrer la différence entre le bronzage de son dos et la blancheur laiteuse de ses fesses. Je te jure : il n'a aucune pudeur. Quand la nuit on est ensemble, il se balade tout nu dans la chambre sans se gêner, ou il se met à faire caca en te parlant comme si de rien n'était. Pour ça, il ressemble au Bêta ; il montre ses bijoux de famille à tout le monde. Il y a un an, j'ai commencé à vouloir fermer la porte des W.-C. à clé, mais ma mère n'a pas voulu parce qu'elle a peur que je me cogne la tête contre le carrelage et qu'il faille défoncer la porte pour me sauver. De voir la porte détruite, ça lui détruirait le cœur. Ce serait ma tête, ça irait encore. Enfin bref, j'en avais tellement marre qu'on ouvre la porte pendant que j'étais en pleine concentration intestinale que je me suis fait une pancarte, que mon grand-père a plastifiée, avec écrit dessus :

NE PAS ENTRER.
MANOLITO FAIT DES SIENNES.

Et ils n'entrent pas. Va pas croire qu'ils le font par respect. Ils le font à cause de l'odeur. Il y a très peu d'humains qui peuvent supporter ce fléau parfumé. Des scientifiques du monde entier ont même affirmé que si on mettait un individu pendant une heure dans une pièce remplie de ce type de gaz humains, cet individu pourrait d'abord perdre la tête et ensuite la vie. A moins que l'individu ouvre la porte et demande aux scientifiques pourquoi ils n'utilisent pas leurs mères comme cobayes. Il y a des individus qui aiment trop la vie pour se laisser tuer pour une simple expérience scientifique.

Mais revenons à ce gros lourd de Grandes Oreilles, au jour de son retour. Ma mère, pour m'énerver encore plus, l'a invité à dîner, mais Grandes Oreilles a répondu qu'il devait manger toute la nourriture que lui avaient donnée ses deux grands-mères ennemies avant qu'elle ne pourrisse. Heureusement. Je ne sais pas si j'aurais pu supporter sa sympathie encore tout un repas.

Il a fait la bise à tout le monde (sauf à moi, encore heureux) et en partant il m'a dit :

– Manolito, on se voit demain au Pendu, d'accord ?

Quand il est parti, ma mère a dit à mon grand-père :

– Je suis bien contente que cet enfant soit l'ami de mon Manolito !

Et ils ont rigolé tous les deux en reparlant de l'histoire de cette fille reloud de Carcagente, histoire que, visiblement, Grandes Oreilles était prêt à raconter plusieurs fois par jour.

Le lendemain matin, je suis descendu au Pendu, mais je n'étais pas tout seul, j'avais appelé Moutarde pour qu'il vienne avec moi. Car en fin de compte, je l'avais vu tous les jours pendant que Grandes Oreilles n'était pas là, et je n'allais pas maintenant le laisser en plan. Mais la vérité vraie, c'est que je faisais ça pour que Grandes Oreilles ait les boules.

Moutarde et moi nous nous sommes assis sur le banc, comme chaque jour, pour surveiller le Bêta et Mélanie, qu'ils ne se jettent pas de la terre dans les yeux. Ces enfants sont des sauvages et il faut faire attention : s'ils s'attrapent, c'est très difficile ensuite de les séparer. Au bout d'un moment, Grandes Oreilles est arrivé. En nous voyant tous les deux, il a été un peu étonné.

– Manolito, on va à la prison ? m'a-t-il demandé.

Grandes Oreilles et moi, nous jouons de temps en temps aux « grandes évasions de l'Histoire ». Nous le faisons depuis que nous avons vu un film avec un type qui passe son temps à vouloir s'échapper de sa prison de haute sécurité. Cinq minutes avant la fin du film, quand on allait enfin savoir si ce gars allait réussir à s'échapper, ma mère s'est réveillée de sa sieste et a éteint la télé parce que, d'après elle, ce n'était pas un sujet assez beau pour les enfants. Je ne sais pas si je t'ai déjà dit que ma mère quand elle vient de se réveiller de sa sieste est encore pire qu'aux autres heures de la journée. Ces moments terrifiants, elle a pour habitude de les passer sur moi. C'est pour ça que, ce samedi-là, elle nous a éteint le film, juste pour m'embêter. Et depuis, il nous est resté ce traumatisme et cette fixation, et nous jouons aux grandes évasions dès que nous pouvons. Ça nous plaît de le faire avec le décor approprié, à côté du mur de la prison de Carabanchel. C'est un jeu auquel nous sommes seuls à jouer Grandes Oreilles et moi, puisqu'en fait, il n'y a que nous deux qui avons loupé la fin du film. Ça n'avait donc rien de bizarre que ce jour-là, dans le parc du Pendu, Grandes Oreilles, pour se réconcilier avec moi, me propose notre jeu secret :

– Manolito, on va à la prison ?

– Je ne peux pas pour l'instant : Moutarde et moi nous surveillons les enfants.

Grandes Oreilles s'est assis sur le banc sans rien dire. Alors j'ai commencé à lui raconter tout ce que nous avions fait Moutarde et moi depuis que nous étions devenus des amis de toujours. Grandes Oreilles regardait fixement l'Arbre du Pendu, comme moi la veille quand je regardais la télévision.

– Bon, ben j'irai tout seul, a-t-il dit.

Je l'ai vu de loin, en train de sauter près du mur, de courir, ou de rester sans bouger…

– Qu'est-ce qu'il fait ? m'a demandé Moutarde.

– Il s'évade d'une prison de haute sécurité.

L'après-midi, j'ai attendu longtemps chez moi qu'il me téléphone, mais trop rancunier le mec, il n'a pas appelé. Ça lui avait fait mal jusqu'à la moelle que j'aie un autre ami. Moi ça me faisait mal que ça se soit si bien passé pour lui à Carcagente, dans mon dos.

– Pourquoi tu ne téléphones pas à Grandes Oreilles et on part prendre une glace au Tropezón ? m'a demandé mon grand-père.

J'ai réfléchi pendant cinq minutes à côté du téléphone et quand j'étais enfin décidé à le faire… ça a sonné. J'ai décroché tout de suite. C'était lui, Grandes Oreilles.

– Tu vas descendre dans la rue avec ton ami Moutarde ? m'a-t-il demandé.

– Non, cette fois je descends seulement avec mon grand-père.

– Je dis ça parce que Moutarde et toi, vous êtes comme cul et chemise…

Nous nous sommes retrouvés au Tropezón et mon grand-père nous a acheté une glace comme promis. Nous nous sommes assis sur les tabourets du bar.

– Trop mortel, la semaine qui vient il y a l'école qui commence, lui ai-je dit.

– Moi j'aime bien le premier jour. Tu ne fais rien et tu vois tout le monde qui est rentré.

– Sauf moi, qui suis allé nulle part.

– Moi je t'avouerai que Carcagente ça commençait par me sortir par les oreilles.

– Ou plutôt les grandes oreilles, ai-je répliqué et nous avons rigolé.

– Mais toi, tu t'es bien éclaté avec ton ami Moutarde.

– Pas tant que ça… Il ne sait pas jouer aux grandes évasions de l'histoire.

– Ce jeu il n'y a que toi et moi qui le connaissons, c'est nous qui l'avons inventé, m'a rappelé Grandes Oreilles.

– L'année prochaine, tu pourrais m'emmener à Carcagente.

– Ou je pourrais rester avec toi à Carabanchel.

Nous avons commencé à faire nos plans pour l'été prochain, un été sans jamais de séparation. Quelques jours dans un endroit, quelques autres dans un autre, mais toujours ensemble. Grandes Oreilles est venu dormir chez moi et il m'a apporté sa cruche « Souvenir de Carcagente ». C'était une tirelire. Nous avons mis tous les deux les premières pièces. Nous avions décidé d'économiser pour ce qui allait être le meilleur été de notre vie : le prochain.

JALOUSIE MORTELLE

Je pourrais te raconter avec un maximum de détails comment s'est passé l'anniversaire de Grandes Oreilles, mais tu finirais comme nous : écœurés et dégoûtés. « Écœurés » fait référence à la partie qui se situe au niveau du ventre et « dégoûtés » à la partie située dans le cerveau.

Je vais te résumer la fête de Grandes Oreilles, bien que ça ne soit pas mon fort de résumer :

L'anniversaire de Grandes O' a duré deux jours, car comme ses parents sont séparés et qu'en ce moment ils ne peuvent même pas se voir, ils ont fait deux fêtes géantes. Celle du lundi était organisée par sa mère, et les amis et les proches ont été invités à six heures au Tropezón, qui est ce bar impressionnant où les enfants de mon quartier nous célébrons les anniversaires, car le MacDonald's est beaucoup trop loin.

Comme Grandes Oreilles est le seul petit-fils du côté de sa mère, ses grands-parents sont venus de leur village de Carcagente, et nous sommes allés les chercher un jour avant à l'arrêt du bus. La grand-mère de

Grandes Oreilles passait à peine par la porte de l'autocar, et elle est restée bloquée. Le chauffeur poussait de l'intérieur et nous, nous tirions de l'extérieur ; et quand enfin nous avons réussi à la débloquer, nous avons tous failli tomber par terre avec l'énorme grand-mère sur nous. Il y a des grands-mères qui tuent.

Une fois que nous nous sommes remis de ces instants de frayeur, les grands-parents maternels de Grandes Oreilles nous ont pris chacun notre tour et ont commencé à nous coller de ces baisers qui te laissent des marques sur le visage pendant une heure et demie. Je crois que, parfois, ils devaient me confondre avec Grandes Oreilles car ce n'est pas normal qu'à première vue, ces personnes m'aiment autant. Surtout en comparaison avec d'autres qui me voient tous les jours et qui m'aiment moins.

– Écoutez, il doit s'agir d'une erreur, leur disais-je, votre petit-fils c'est celui qui a les grandes oreilles.

Grandes Oreilles tient de ses grands-parents-du-côté-de-sa-mère pour les oreilles, c'est comme une marque de famille, comme leur code barres.

Mon ami Grandes Oreilles est toujours plus avantagé dans la vie car son anniversaire est en septembre. C'est le premier anniversaire de l'année et les mères n'en ont pas encore marre de nous donner de l'argent pour les petits cadeaux de nos collègues. Et plus l'année avance, et plus les cadeaux baissent de catégorie, et quand tu arrives à celui d'Arturo Román, c'est-à-dire le 20 juin, et que tu te mets devant une mère en prenant la posture égyptienne, ta mère ou la mère de n'importe qui dit :

– Encore de l'argent, mais pour quoi faaaaaaaa-aire ?

La posture égyptienne se pratique depuis des siècles. C'est une tradition héréditaire : la personne se place devant une mère, un père ou un supérieur, puis se met de profil, tend la main vers l'avant et fait une tête d'impassible. Il peut t'arriver deux choses : tu as de la chance et on te jette quelques pièces, ou alors le père et la mère cruels t'ignorent et te laissent pendant des heures dans la même position. C'est ainsi que sont restés beaucoup d'Égyptiens : momifiés. Tu comprendras qu'un historien comme moi n'a pas de prix.

A l'anniversaire de mon ami est venue aussi la psychologue. Sa mère l'avait appelée au cas où il aurait fallu faire à Grandes O' une intervention psychologique d'urgence. Elle a dû le faire : elle lui a donné deux tapes, une pour ne pas nous laisser toucher ses cadeaux, et l'autre pour danser sur une table du Tropezón quand M. Ézéchiel a mis une chanson des Gipsy Kings. Tu aurais dû voir avec quel art la psychologue Espé donnait les tapes psychologiques. On aurait dit que ma mère lui avait donné des cours particuliers. Je n'ai jamais osé lui poser la question au cas où elle m'appliquerait le traitement. Tout le monde est d'accord pour dire que m'dame Espé est la meilleure psychologue de Carabanchel et que ses méthodes réussissent à merveille sur Grandes Oreilles. Moi, personnellement, s'agissant de Grandes Oreilles, je trouve le traitement un peu mou. Il y a des moments où mon cher ami demande à grands cris un électrochoc.

Le soir du jour de l'anniversaire de Grandes Oreilles, nous n'avons pas dîné à la maison car les grands-parents-du-côté-de-la-mère ont insisté pour que le patron du Tropezón cuisine des boudins meurtriers qu'ils avaient rapportés de leur village. Mon grand-père a dit aux grands-parents de Grandes Oreilles, avec un morceau de boudin dans la bouche :

– On dirait un mariage. Cette nuit, en lavant mon dentier, l'eau va devenir toute noire.

– C'est ça la fête, Nicolas ! lui a répondu le grand-père de Grandes O'.

Le Bêta s'est très bien conduit : à chaque fois que je le regardais, il était assis sur un grand-père différent. Il n'a eu aucune de ses célèbres crises de furie. D'un côté il faisait le gentil, de l'autre il était devenu fou avec les boudins. En rentrant chez nous, au moment de nous séparer de Louisa dans l'escalier, il a fait un pet mortel, du genre silencieux qui te rentre dans le nez sans prévenir.

– Qui est le cochon qui a fait ça ? a crié ma mère.

Le Bêta a levé la main. C'est un porc sans complexe.

Comme nous étions encore au deuxième étage, et qu'il s'agissait d'une question d'extrême urgence, ma mère l'a emmené rapidement dans les W.-C. de Louisa, qui le lui a d'ailleurs gentiment proposé. La pauvre.

Nous sommes tous rentrés dans la salle de bains de Louisa, qui est entièrement rose et doré, avec plein de petits tapis tout doux et de flacons remplis de sels colorés pour les bains hollywoodiens de Louisa. Nous étions donc tous là comme des idiots à attendre que le Bêta agisse en conséquence, et lui, sur le trône comme un roi. Nous l'avons vu devenir rouge, gonfler le visage comme si c'était un ballon, sortir les veines de son cou et revenir soudain à son état normal. Il a pris alors la grande décision de sauter par terre (il a encore les jambes très courtes) et il a montré l'intérieur du trône :

– Caca de bébé.

Nous nous sommes tous penchés pour le voir et devant le résultat, il y eut un « Ooooh ! » général car il semblait impossible que d'un corps aussi petit sorte quelque chose d'aussi immensément grand. C'est un mystère qui rend fous les scientifiques du monde entier, et beaucoup d'entre eux, désespérés, se sentant impuissants de ne pouvoir trouver une explication satisfaisante, se sont retirés sur une île complètement déserte.

Le caca, qu'à partir de maintenant nous pouvons appeler « boudin » (à cause de son origine), n'est pas parti quand Louisa a tiré la chasse.

– Essaye une deuxième fois, a dit ma mère, déjà un peu nerveuse.

Louisa a encore tiré la chasse. Nous étions tous impatients que l'eau s'en aille, pour voir si la chance était avec nous, mais non. L'impressionnant boudin était toujours là.

Louisa et ma mère se sont disputées quelques instants pour savoir qui des deux devait payer le plombier.

Comme elles ne se mettaient pas d'accord, elles ont pensé porter cette affaire dégoûtante devant *Verdict*, une émission de télévision où les amis et les proches s'arrachent les yeux les uns les autres devant toute l'Espagne et il y a un procès, et ensuite un juge décide laquelle des deux parties a raison et puis tout le monde rentre chez soi très content. Mais Barnabé, mon parrain, refuse de voir ma mère et Louisa se bouffer le nez sur le petit écran, alors il les a remises à leur place et il a déclaré qu'il se chargerait de la réparation.

Le lendemain, mardi, a eu lieu la deuxième partie de l'anniversaire de Grandes O'. Nous avons dû aller chercher les grands-parents-du-côté-du-père à l'arrêt du bus. Ils arrivaient du village de Carcagente, et, vraiment, ils ont failli nous achever. Grandes O' tient aussi de ses grands-parents paternels pour les oreilles. Le pauvre, avec ses quatre grands-parents genre Jumbo, il n'avait pas d'échappatoire génétique.

L'anniversaire du côté du père s'est célébré au Tropezón pour pas changer. Le menu a été le même que la veille. Les invités les mêmes, y compris la psychologue, qui a dû utiliser son traitement de choc à deux reprises lorsque Grandes O' a voulu monter sur la table pour chanter en play-back *Macarena*, que venait de mettre M. Ézéchiel. La mère de Grandes O' n'aime pas se salir les mains à taper son enfant chéri, la psychologue est là pour ça ; en revanche, ma mère adore faire elle-même le sale travail. Elle n'a pas besoin de tueur à gages.

Après la claque, il a refallu chanter *Joyeux anniversaire* et tout le bastringue, puis les grands-parents-du-côté-de-Grandes O' ont apporté la touche finale avec des chorizos qu'ils ont fait frire par la femme de M. Ézéchiel.

– On dirait un mariage, a dit mon grand-père aux autres grands-parents. Cette nuit, en lavant mon dentier, l'eau va devenir toute rouge.

– C'est ça la fête, Nicolas ! lui ont-ils répondu.

A certains moments, j'ai eu la sensation que j'avais déjà vécu cette journée.

Il était onze heures du soir, personne n'avait l'intention de partir, jusqu'à ce que M. Ézéchiel dise :

– Bon, chère clientèle, ma femme et moi nous avons des limites. Nous baissons le rideau de fer. Celui qui restera à l'intérieur se débrouillera tout seul.

M. Ézéchiel ne plaisantait pas. C'est déjà souvent arrivé qu'un reloud reste enfermé toute la nuit. Il ne prévient qu'une seule fois, et après il baisse le rideau de fer. Il dit qu'il n'a pas ouvert un bar pour devoir ensuite persuader les clients un par un de retourner chez eux.

Grandes Oreilles a commencé à ramasser ses cadeaux. M'dame Asunción nous a fait un discours pour qu'à partir de cette année nous achetions seulement des jeux éducatifs. Je lui avais donc acheté un Power Ranger atomique, mais mon Power Ranger faisait un peu ridicule à côté des super-cadeaux que lui avaient faits tous ses grands-parents de Carcagente.

En rentrant chez nous, j'ai dit à mes parents que Grandes O' avait un sacré culot car comme ses parents sont séparés, tout est multiplié par deux. Mon père a dit :

– Manolito, ta mère et moi nous ne nous séparerons jamais…

Ma mère a pris mon père par le bras en faisant un sourire qui, à dire vrai, faisait un peu honte.

– … et nous ne nous séparerons pas, a continué mon père, car le crédit du camion, que nous terminerons de payer à la moitié du prochain siècle, nous unira par-delà la mort.

Ma mère a fait la tête et est passée de l'amour à la haine en quelques instants. Elle ne sait pas ce que c'est le juste milieu.

Le Bêta a commencé à ressentir un besoin pressant mortel quand nous étions dans les escaliers, concrètement au deuxième, devant l'appartement de Louisa. Ma mère a essayé de le traîner jusqu'à chez nous, mais le Bêta a dit qu'il n'avancerait plus et que s'il avançait d'un pas il ferait dans sa culotte. Il a laissé ma mère choisir entre ces deux possibilités. Ma mère a sonné chez Louisa et l'a suppliée, s'il te plaît, un water pour ce pauvre enfant. Louisa a bougé son nez bizarrement puis l'a laissé passer. Et nous sommes tous entrés les uns après les autres dans les célèbres W.-C. de Hollywood. L'enfant crotteur s'est assis. Nous nous sommes mis en cercle autour de lui. Le Bêta a gonflé son corps-ballon. Une ambiance violente et tendue flottait dans l'air. Lorsqu'il s'est levé et que nous avons regardé le petit cadeau qu'il avait laissé, et qu'à partir de maintenant nous appellerons « chorizo » (à cause de son origine), ma mère a dit d'une voix très douce :

– Louisa, pourquoi discuter, c'est moi qui payerai le plombier.

Mais Barnabé a dit qu'il n'en était pas question, que c'était lui qui devait se charger du caca de ses filleuls jusqu'à ce qu'ils soient majeurs et qu'ils puissent se payer eux-mêmes le plombier. J'ai dit à ma mère que puisque le produit intérieur du Bêta posait tant de problèmes de bouchon, il valait peut-être mieux le descendre tous les après-midi au parc de l'Arbre du Pendu pour faire caca avec Bonie, la chienne de Louisa. Ma mère m'a lancé un terrible regard de haine. J'ai voulu poursuivre ma blague, histoire de compléter la chose :

– On pourrait le ramasser avec les sacs pour chiens de la mairie.

J'ai eu tout faux. Ma mère est passée à l'action : elle m'a envoyé des tapes avec super-effets à retardement, et au bout de quelques minutes j'avais la nuque en feu. C'est le genre de torture qu'elle garde pour les grandes occasions.

Je suis allé au lit en pensant que tant que ma mère vivrait, je ne pourrais pas gagner ma vie comme humoriste, car elle serait capable de monter sur scène pour me balancer deux claques quand la blague ne la ferait pas rire. Mais ce n'était pas mon problème principal ; cette nuit-là, ce qui envahissait mon cerveau c'était la jalousie mortelle de penser à tous les cadeaux qui entouraient Grandes Oreilles cette nuit-là.

Heureusement que ce qui s'est passé les jours suivants a diminué ma jalousie, qui est passée d'une jalousie mortelle à une jalousie saine, ce qui pour les effets revient à la même chose.

Mais je réserve cette histoire terrifiante pour plus tard, car elle mérite un chapitre à part.

Les larmes de Grandes Oreilles

Je sais que tu aimerais savoir quels cadeaux a eus Grandes Oreilles pour son super-anniversaire, mais je suis incapable de m'en souvenir. Il en a eu tellement ! Même maintenant, deux semaines plus tard, Grandes Oreilles affirme sans se gêner qu'il lui arrive encore de trouver dans un coin de sa chambre des paquets qu'il n'a pas ouverts. Et alors que fait-il ? se demandera la moitié du monde mondial, il les ouvre ? Eh non, il ne les ouvre pas, car avec tous ces cadeaux Grandes Oreilles a fini par devenir méfiant. Il dit que les cadeaux ne lui ont apporté que des problèmes.

Grandes Oreilles dit : « Pourquoi je voudrais tant de choses si après je ne suis pas heureux. » Et nous, ses vrais amis, nous lui répondons en chœur :

– Ben, tu n'as qu'à nous en donner, peut-être que ça résoudra tes terribles conflits.

Nous sommes comme ça à Carabanchel, nous voulons seulement le bien de nos semblables. Mais je ne veux pas commencer par la fin, je commencerai cette histoire comme d'habitude, par le début des temps :

Tout le monde sait que Grandes Oreilles a fêté deux fois son anniversaire, entre autres parce que je l'ai raconté au chapitre précédent de ce magnifique exemplaire. Et tout le monde sait qu'il a réussi à nous mettre tous l'estomac en l'air (avec tout ce que nous avons avalé) et qu'il a réussi aussi, comme je te l'ai dit, à avoir des milliers et des milliers de cadeaux.

Le lendemain de ses deux fêtes, en arrivant à l'école, Grandes Oreilles ressemblait à C-3P0 (le robot de La Guerre des Étoiles) : à un bras, il portait une montre avec une commande à distance incorporée pour éteindre la télé ; à l'autre, il portait une montre avec un téléphone sans fil incorporé ; de son pantalon pendait un de ces compteurs kilométriques qui te disent combien de mètres tu as marché ; il a apporté aussi, pour que nous la voyions, une brosse à dents à piles, que tous ceux de ma classe ont essayé, sauf Jessica l'ex-grosse que nous allons bientôt appeler Jessica la cul-cul. Cette fille ex-grosse disait que ça la dégoûtait de se mettre dans la bouche la brosse que tout le monde avait essayée.

– Mais puisque nous sommes tous de la même classe, a voulu lui expliquer Arturo Román. Si c'était un type du lycée Thyssen qui te le demandait, je comprendrais, mais en étant tous de la même école…

Je n'arrive pas à comprendre les gens comme Jessica, je te jure, pour elle le mot « camaraderie » n'a aucun sens.

Au fait, ce n'était pas fini : Grandes Oreilles s'était mis une casquette avec une lumière verte sur la visière pour ne pas se faire écraser par les voitures, au cas où il se retrouverait perdu sur une route départementale. Imagine qu'il fasse nuit, eh bien t'appuies sur l'interrupteur et la visière s'allume. Le problème c'est qu'on te prenne pour un extraterrestre et que du coup personne ne s'arrête, car il faut que je te dise qu'avec ses oreilles et la lumière verte, mon grand ami Grandes Oreilles ne ressemblait plus à un être humain.

On lui avait aussi offert des baskets avec des lumières aux talons qui s'allument en marchant. Yihad lui avait acheté dans un bazar à dix francs un stylo où on voyait une fille dans de la neige, avec des skis et habillée jusqu'aux oreilles pour skier. Le truc c'est que quand tu renversais le stylo, la fille perdait tous ses vêtements et se retrouvait toute nue avec ses skis. En bas était écrit : « Souvenir de Baqueira Beret »*. Moi, au début, cette pauvre fille me faisait de la peine, à être si nue dans un endroit si froid, mais après je me suis dit bah ! tout ça c'est de la blague, comme le sang dans les films, et je lui enlevais et remettais ses vêtements soixante fois par minute.

Ah ! Et pour terminer, il avait aussi apporté un réveil-calculette. Pour si tu t'endors dans un examen au milieu d'une opération de mathématiques. Rigole pas : Grandes Oreilles en est capable. Il dit que les divisions de plus de deux chiffres ont sur lui un effet

* Baqueira Beret : station de ski espagnole.

endormant instantané. Il ne comprend pas pourquoi les gens prennent des somnifères, vu le peu que ça coûte de faire une division. Rien qu'en la voyant, dit Grandes O', ses oreilles commencent à lui piquer. Et quand ses énormes ailerons commencent à lui piquer, c'est que Grandes O' va tomber comme une souche dans pas longtemps.

Le fait est que lorsque m'dame l'a vu entrer par la porte (il avait comme d'habitude une demi-heure de retard), elle a dû enlever ses lunettes de près et mettre celles de loin pour être sûre de ce que voyaient ses yeux. Dans l'air flottait la jalousie que nous ressentions tous pour Grandes Oreilles. Une jalousie épaisse qui nous laissait à peine voir notre camarade de devant. Ce jour-là, tout le monde aurait voulu être assis à la même table que lui, mais ils ont dû faire avec parce que son camarade de table c'est moi : pour les bons moments et les mauvais, pour la santé et la maladie, quand il faut lui tenir le mouchoir dans le nez dégoulinant de sang, quand il s'endort sur ton épaule ou quand il faut le laisser copier ton devoir du début jusqu'à la fin. Il y a des fois où il a si bien copié que dans la marge en haut à gauche, il a écrit mon nom à la place du sien. Mais m'dame connaît l'écriture, unique en son genre, de Grandes Oreilles et, sans aucune hésitation ni pitié, elle lui colle un zéro.

Ce jour-là, l'inhumaine m'dame nous avait donné des opérations meurtrières. Cinq divisions à deux chiffres. Il y a des fois où je me demande : « comment c'est possible qu'il y ait autant de cruauté dans une seule maîtresse ? » Je me suis mis, comme toujours dans ces cas-là, à me mordre la langue pour me creuser le cerveau (si je ne me mords pas la langue, je ne suis pas capable de penser), quand je me suis aperçu que Grandes Oreilles, au lieu de me copier, souriait. Il a sorti de son casier son réveil-calculette et il a fait les opérations. C'était génial : nous avons mis le résultat directement, sans passer par le développement qui est hyperemmerdant.

Comme il nous restait beaucoup de temps, j'ai demandé la petite dame skieuse à mon grand ami et nous l'avons déshabillée pour que Paquito Medina, qui est assis derrière moi puisse la voir. Au bout de cinq minutes, Arturo Román et Oscar Mayer, qui sont derrière Paquito, avaient laissé le devoir et s'étaient mis presque debout pour voir la fille-skieuse. M'dame est venue vers nous en faisant résonner ses talons pour nous terroriser et, comme c'était moi qui avais le stylo dans la main, elle a crié :

– Qu'est-ce qui est donc si intéressant, Manolito ?

– Un stylo…, et j'ai commencé à prier, je ne sais pas pourquoi d'ailleurs car je n'ai pas de cours de catéchisme.

M'dame m'a arraché le stylo des doigts. En le prenant, les vêtements ont commencé à descendre et m'dame a changé ses lunettes de loin pour celles de près.

– Manolito, d'où as-tu sorti cette cochonnerie ?

– Ce n'est pas à moi, c'est à Grandes Oreilles.

– Je ne l'ai pas acheté, c'est Yihad qui me l'a offert, a dit Grandes Oreilles.

– Je le lui ai acheté parce que Moutarde a le même et Grandes Oreilles disait tout le temps qu'il en voulait un pour son anniversaire, a répondu Yihad.

– Oui c'est vrai, j'ai le même, a avoué Moutarde, mais moi je ne la déshabille jamais.

Ça, personne n'y croyait vraiment.

Nous avons commencé à nous accuser les uns les autres et quand m'dame est arrivée à la conclusion que nous étions tous coupables, elle a gardé le stylo et a déclaré mystérieusement qu'elle prendrait des mesures.

Puis elle a poursuivi son opération de police : elle a vu le réveil-calculette au milieu de nos cahiers et nous a dit qu'avec ce genre de méthode nous aurions un zéro, puis elle nous a fait un discours tellement long que je ne me souviens presque plus de rien, sauf que les calculettes devraient être interdites dans les écoles, ainsi que les drogues et les boucles d'oreilles chez les garçons.

Après le zéro en mathématiques, nous sommes passés à la connaissance de l'environnement. M'dame nous a emmenés dans la salle de réunion pour nous montrer un documentaire sur la reproduction des rongeurs. Elle dit que c'est pour éviter le chapitre de la reproduction humaine, un chapitre que l'année passée nous n'avons pas pu terminer à cause des fameux fous rires que nous avions à chaque moment.

Tandis que nous marchions dans le couloir, Grandes

Oreilles a téléphoné à son père pour lui dire ce qu'il y avait au menu à la cantine, et l'instant d'après son père a appelé pour lui dire qu'il mastique bien son steak, qu'il ne fasse pas comme l'année passée où nous avions failli le sortir de la cantine raide mort.

Lorsque nous sommes entrés dans la salle de réunion, le téléphone a sonné encore deux fois : la première c'était sa grand-mère de Carcagente, qui a voulu aussi dire bonjour à m'dame Asunción, et la deuxième c'était la mère de Grandes Oreilles, qui appelait Grandes Oreilles pour lui dire qu'il ne passe pas ses petits coups de fil pendant les heures de classe. De toute façon, il n'a pas pu en passer d'autres car m'dame lui a confisqué son téléphone. Ensuite, elle a éteint la lumière pour que nous regardions le documentaire ; Grandes Oreilles a pensé que c'était le moment idéal pour frimer avec sa visière. Il a appuyé sur l'interrupteur et la visière a commencé à s'éteindre et s'allumer. Elle avait une lumière verte d'enfer. Toute la classe a fait : « Oooooh ! », M'dame a cru que c'était pour les images qui passaient à la télé (deux rats blancs en train de se renifler) et elle s'est retournée pour nous crier :

– Vous n'allez pas commencer comme l'année dernière !

Mais elle a vite compris que nous nous fichions des rongeurs car elle nous a tous vus regarder la tête allumée de Grandes Oreilles. Elle lui a aussi confisqué sa casquette, et un peu plus tard son réveil-calculette, qui à chaque heure se met à jouer *Joyeux anniversaire.*

M'dame s'est fâchée parce qu'en entendant la musique, nous nous sommes tous mis à chanter. C'est pourtant normal. Essaye, toi, d'écouter la musique de *Joyeux anniversaire* sans chanter la chanson. Impossible. On te collerait les lèvres avec du sparadrap que tu continuerais à chanter mentalement. Ça fait longtemps que les scientifiques ont jeté l'éponge et n'étudient plus cet étrange phénomène mental.

Mais la goutte qui a fait déborder la patience de m'dame Asunción c'est que Grandes Oreilles a actionné la commande à distance d'une de ses montres et du coup la télé a changé de chaîne.

Soudain est apparue sur l'écran une fille super canon qui présentait un concours de culture plutôt générale. Yihad s'est mis à siffler la présentatrice et nous avons tous fait pareil, comme des veaux. M'dame a crié à Grandes Oreilles qu'il remette la deuxième chaîne, mais Grandes Oreilles avait beau toucher tous les boutons, la fille canon ne partait pas de l'écran. Nous avons continué de siffler car la fille le méritait, vraiment, et m'dame a crié encore plus fort pour qu'il éteigne. Mais Grandes Oreilles n'a pas réussi. Il a demandé presque en pleurant à m'dame s'il pouvait téléphoner à son père (qui travaille dans un magasin d'*ifi*) pour lui demander. M'dame a répondu d'une voix très dramatique :

– C'est moi qui lui téléphonerai.

Tu aurais dû voir m'dame en train de suivre les instructions du père de Grandes Oreilles pour débloquer la commande à distance. M'dame se mordait la langue comme moi quand je fais mes divisions.

Le résultat de cette journée c'est qu'on a enlevé à Grandes Oreilles tous ses appareils jusqu'au jour où il sera prêt psychologiquement à les utiliser. Le temps qu'ils attendent et Grandes O' ne reverra jamais ses cadeaux de sa vie. D'ailleurs, au parc du Pendu, Grandes Oreilles nous a avoué avec des larmes dans les yeux :

– Pourquoi je veux tant de choses si après je ne suis pas heureux, s'ils disent que je n'ai pas l'âge de raison pour les utiliser ?

Tous ses amis, nous lui avons proposé qu'il nous les offre. Alors Grandes Oreilles a répondu avec un de ses sourires mystérieux :

– Maintenant que j'y pense, il y a quelque chose qui me fait plaisir.

– Quoi ? avons-nous demandé comme un seul enfant.

– Que vous ne les ayez pas.

Et ses larmes de tristesse sont devenues des larmes de bonheur.

LA VIE EST DURE

Hier, j'ai dû me laver les pieds, et ça n'a pas été ça le pire, crois-moi. J'ai dû me les laver à huit heures du matin, mais ce n'était pas ça le pire non plus : une époque dramatique a commencé dans ma vie où je devrai me laver les pieds tous les jours à huit heures du matin. Voilà comment s'annonce, cette année, ma rude existence. Je ne le fais pas par goût (va pas croire que je suis un de ces types bizarres qui se lavent par goût, sans que personne ne les oblige), je le fais parce que j'ai commencé l'école. Évidemment tu vas dire :

– Très bien, les autres années tu as commencé l'école et les autres années aussi ta mère était lourdingue avec cette histoire de lavage corporel, mais tu savais te débiner, Manolito. Personne ne pourra t'accuser de t'être douché tous les jours.

C'est sûr, mais faut dire que l'année dernière, avant que nous partions en vacances, m'dame Asunción a dit aux parents de CM 1 (ma classe) que le mélange de transpiration de nos corps était dangereusement explosif et qu'il y avait des moments, surtout quand nous revenions de la récré, où elle croyait qu'elle allait perdre connaissance. M'dame leur a dit aussi que certains après-midi d'hiver quand la classe est fermée à double tour pour que le froid n'entre pas, l'odeur corporelle, qu'à partir de maintenant nous pourrions appeler O C, que dégagent nos corps, se voit comme un béret sur nos têtes, comme ce béret gris qui se pose sur Madrid à cause de la pollution et dont on nous a parlé l'année dernière en classe de Connaissance de l'Environnement. Comme tu peux le constater, m'dame profite de n'importe quelle insulte pour nous faire un cours et de n'importe quel cours pour nous insulter. Elle nous donne une éducation très complète.

M'dame a ajouté que si ça continuait, nos parents devraient finir par lui acheter un masque antigaz et des bonbonnes d'oxygène pour lui renouveler l'air de temps en temps. Ma m'dame dit que nous n'avons pas besoin de renouveler notre air car nous sommes des enfants mutants. Comme les carpes du bassin du Retiro* qui sont déjà habituées à manger les chewing-gums que leur jettent tous les enfants d'Espagne, nous, nous pouvons survivre dans une ambiance putréfiée.

M'dame a fini son discours en consolant nos parents :

– Pour le reste, ce sont des enfants remarquables. Je les aime beaucoup, surtout pendant les trois mois où ils sont en vacances – et après avoir dit ça, m'dame a fait demi-tour et s'est éloignée en riant de sa propre trouvaille.

---

* Retiro : grand jardin de Madrid.

Quand on est près d'elle, elle nous aime moins. Je m'en suis aperçu le premier jour de l'année, personne ne pouvait lui arracher un sourire et, pourtant, nous avons fait des tas de singeries, mais non, elle ne partage pas notre grand sens de l'humour.

Bref, ma mère veut que, devant Carabanchel et devant le monde mondial, il soit bien clair que les porcs ce sont toujours les autres et jamais son fils, et elle a décidé que cette année, je serais lavé, blanchi, poli avant d'aller à l'école ; si bien que maintenant je ne dois pas seulement me doucher certains soirs, ce qui est normal, mais je dois me préparer pour la révision du matin.

Alors que j'étais si bien avant, quand je m'enlevais les petites boulettes noires qu'on a entre les doigts de pied tout en regardant mon émission préférée à la télé ! Essaye : ça relaxe un max. Recommandé par des psychologues du monde entier contre le stress.

Mais toutes les surprises n'ont pas été mauvaises en ce début d'année. Quelques jours avant le jour de la rentrée, que nous appellerons à partir de maintenant jour F (comme Fatidique), je me suis rendu compte que ma mère avait inscrit le Bêta à la maternelle de mon école. La maternelle consiste en quelques cours où les enfants passent leur vie à jouer, à chanter, parfois à dormir, pendant que les professeurs se donnent des coups de coude en se chuchotant les uns aux autres :

– Quels naïfs, ils s'imaginent que c'est ça l'école. Ils ne savent pas ce qui les attend. Ha, ha, ha.

Il y a des professeurs qui devraient jouer dans des films d'horreur.

Pour moi, ç'a été une grande nouvelle que le Bêta m'accompagne à l'école. Tu comprendras que ça n'a rien d'une partie de plaisir que d'aller à l'école avec les pieds lavés et le cartable d'une tonne, pendant que ton cher petit frère, toujours en pyjama, reste dans les bras de ta mère. Ça fait mal. Même si l'année dernière, le Bêta, qui copie tout ce que je fais, a joué à aller à l'école tous les matins. En fait, cet enfant et moi nous n'avons que le nom de famille en commun.

Comme je disais donc, cette année je n'étais pas le seul à sortir de chez les García Moreno ; un nouveau membre de la tribu des Pieds Propres m'avait rejoint : le Bêta.

Lui aussi portait un sac à dos ; mais évidemment il n'avait rien à voir avec le mien. A l'intérieur du mien, il y avait des choses sérieuses : les nouveaux livres qui allaient nous détruire le cerveau pendant des mois ; alors que dans le sien ma mère avait mis des *clinex* pour les crottes de nez, une tétine d'urgence au cas où il aurait une attaque de colère soudaine et un pantalon de rechange s'il décidait que les waters de l'école étaient trop loin de sa classe.

Mon grand-père nous a emmenés et, comme d'habitude, nous sommes arrivés en retard. Tout le monde parlait au Bêta parce que c'était son premier jour (moi, ils s'en fichaient) : Louisa et ma mère lui ont envoyé des bisous par la fenêtre, le patron du Tropezón nous a dit au revoir de la main, et Porfiria, la boulangère, lui a même offert un pain au chocolat. Événement qui pourrait figurer dans l'histoire du XXe siècle, car Porfiria a ses principes, et elle ne les a jamais trahis. Tu peux même les lire sur une pancarte au milieu de la boulangerie :

CET ÉTABLISSEMENT
NE FAIT PAS DE CRÉDIT,
DE CADEAU, DE SOLDES, RIEN.
Boulangerie Porfiria

Le Bêta ressemblait au roi d'Espagne, il saluait de la main, à gauche et puis à droite, tout content d'être le centre de l'univers. Je pensais :

« Tu ne sais pas ce qui t'attend, petit. »

Mais la réaction du Bêta a été imprévisible, comme d'habitude. Je croyais que lorsque nous entrerions dans l'école il se mettrait à pleurer, comme n'importe quel enfant civilisé devant une situation aussi dramatique. En fait, je pensais qu'il ferait comme n'importe quel petit nouveau : qu'il s'agripperait avec furie à un lampadaire ou à un banc, ou qu'en dernier recours il se jetterait par terre. Ce que font tous les enfants le premier jour de classe depuis le début de l'humanité. Mais non. Le Bêta a dit au revoir à mon grand-père en lui faisant un de ses sourires de charme et il a franchi la grande porte de l'école, comme si de rien n'était. Sauf qu'il n'y avait pas moyen de lui faire comprendre que le pain au chocolat était pour la récré.

– Bébé veut son pain au chocolat.

– Eh bien bébé attend parce qu'ici, on ne te laisse pas manger avant la récré, lui ai-je répondu en tant qu'expert forcé des lois scolaires.

Il me regardait l'air de dire : « Quelle débilité. Qui a instauré cette loi ? » Il m'a regardé comme s'il disait ça, je te jure. Le Bêta n'a pas beaucoup de vocabulaire, mais ses pensées sont très profondes. Une demoiselle l'a pris par la main pour l'emmener devant la porte de sa classe et lui, sans s'énerver le moins du monde, lui a lâché la main en lui expliquant :

– Bébé veut avec Manolito.

– Tout à l'heure, à la récréation, tu iras avec ton frère – et elle l'a emmené en lui faisant un grand sourire comme ces infirmières qui mettent les fous à l'asile.

Dans ma classe, m'dame m'a accueilli avec sa sympathie habituelle :

– Premier jour et tu arrives en retard : ça commence bien, Manolito.

Dix minutes après, elle était déjà en train de nous faire faire des divisions pour démontrer au monde mondial que nous avions tout oublié, et que nous avions passé l'été relax Max, à nous enlever les boulettes des pieds, et que nous n'avions fait aucun des cahiers d'opérations qu'elle nous avait donnés. C'est une maîtresse masochiste : elle aime vérifier que ses ordres entrent par une de nos oreilles pour ressortir par l'autre. C'est aussi une maîtresse sadique : elle aime nous faire souffrir dès la première minute du premier jour de classe. Pour être tout à fait précis : c'est une maîtresse sadomasochiste. Elle a tout. Et je ne dis pas ça pour critiquer, moi je n'aime pas dire du mal des gens.

Bref, j'étais là en train de me mordre la langue en faisant une de ces divisions qui te sapent le moral, quand la porte de la classe s'est ouverte et un enfant de quatre ans est entré avec son sac à dos. Cet enfant s'est approché de m'dame Asunción et lui a dit avec tout le culot dont est capable un être humain :

– Bébé veut avec Manolito.

Puis l'enfant m'a cherché, et est venu à côté de moi. Cet enfant au sac à dos, comme tu l'as deviné, n'était autre que le Bêta. M'dame est venue vers nous :

– Manolito, ramène ton frère dans sa classe.

C'est facile à dire : « Ramène ton frère. » M'dame ne savait pas comme c'est difficile d'enlever à mon frère une idée de sa tête. Elle n'imagine pas ce qui l'attend le jour où le Bêta sera son élève. Elle se souviendra de moi avec nostalgie. Elle dira :

– Moi qui râlais contre Manolito, je me rends compte maintenant que ce Binoclard, c'était la crème des crèmes.

Le Bêta était donc là, il avait fui de sa classe et rien ni personne ne pouvaient le séparer de moi. La moitié du monde mondial se demandera : « Comment a réagi Manolito dans ces moments difficiles ? » Tu seras d'accord, ça n'avait rien de facile, mais je suis un enfant plein de ressources. Je lui ai murmuré deux, trois petites choses à l'oreille, il m'a regardé fixement pendant un moment et, sans beaucoup de conviction, il s'est décidé à retourner dans sa classe. Avant qu'il ne sorte de la mienne, sa petite m'dame est entrée, haletante et effrayée. Aucune m'dame n'aime perdre un enfant le premier jour de classe. Cela donne une mauvaise image devant les parents.

Le Bêta est resté encore quelques minutes de plus pour dire au revoir avec la main et toute ma classe lui a répondu en faisant pareil. Les deux m'dames l'ont laissé partir tranquillement. Je ne sais pas comment il fait pour être toujours le petit chouchou de l'humanité.

Alors m'dame m'a demandé :

– Manolito, qu'est-ce que tu lui as dit ?

– Qu'on vient à l'école pour apprendre et qu'il faut obéir à sa maîtresse – oui, tu as beau ne pas me croire, ces mots sont sortis de ma bouche.

M'dame est retournée lentement vers son bureau et toute la matinée, elle m'a regardé. Je crois que, de temps en temps, elle se pinçait pour s'assurer qu'elle ne rêvait pas et qu'elle avait bien entendu ces mots-là. Elle ne pense pas qu'un enfant comme moi peut rentrer de vacances complètement transformé. Elle ne croit pas aux miracles.

Mais les petits numéros du Bêta ne se terminent pas là. Quand nous sommes sortis à la récréation, sa pauvre m'dame (que je commençais à plaindre) s'est approchée de moi complètement angoissée pour me dire que mon frère était monté sur l'unique balançoire des petits et que cela faisait déjà une heure qu'il se balançait sans laisser la place aux autres. Quand je suis

arrivé dans la cour de la maternelle, j'ai pu assister à un triste spectacle : le Bêta se balançait très haut et riait comme un fou, pendant que les autres enfants le montraient du doigt et pleurnichaient en attendant de pouvoir monter.

A ce moment-là, je me suis senti comme un policier à qui tout le monde fait confiance pour parler avec l'assassin. Tu seras d'accord avec moi pour dire que c'était une situation terriblement délicate.

– Arrête-toi un moment, je veux te dire quelque chose !

Le Bêta s'est arrêté d'un coup mais sans lâcher la balançoire, bien sûr. Tous les enfants ont cessé un instant de pleurer.

Je lui ai dit quelque chose à l'oreille et le Bêta a laissé immédiatement la balançoire.

– Qu'est-ce que tu lui as dit ? m'a demandé sa m'dame.

– Que ça ne se fait pas, qu'à l'école on apprend à partager et à être généreux – comme tu le vois, je jouais de mieux en mieux mon rôle d'enfant transformé.

Il faut dire que ma mère est tout le temps en train de le chouchouter et, bien sûr, après il se comporte comme un sauvage. Et partout où il va, je dois faire régner la paix.

– Merci, Manolito, m'a dit la m'dame et elle m'a embrassé.

C'est pas pour frimer mais je crois que j'étais en train de devenir son héros. C'était une sensation très agréable car la m'dame de mon frère est assez canon.

Plusieurs jours se sont passés depuis la rentrée et j'ai déjà dû intervenir cinq fois : la première parce que le Bêta donnait tout son pain au chocolat à la chienne du concierge (il n'est généreux qu'avec les animaux) ; la deuxième parce que toute la matinée il avait levé la jupe d'une fille de sa classe (ma mère et Louisa rigolent quand il leur fait et maintenant il ne comprend pas que ça ne plaise pas à toutes les femmes) ; la troisième parce qu'il trempait sa tétine dans l'eau des aquarelles ; la quatrième parce qu'il ne voulait pas sortir des W.-C. (ça je comprends) ; la cinquième parce qu'il chantait à tue-tête une autre chanson que celle qu'avait donnée la maîtresse.

Tu comprendras donc que m'dame Estrella, c'est ainsi que s'appelle la victime, et moi, nous sommes devenus très proches. En fin de compte, nous partageons la même mission impossible, l'éducation du Bêta.

Bon, je terminerai ce chapitre en racontant la vraie vérité, qui est beaucoup plus triste :

Je n'ai jamais raconté au Bêta tout ce baratin sur la générosité, le partage et tout ça. Ce genre de truc, le Bêta s'en fiche et pas parce qu'il ne comprend pas, mais parce que jamais personne ne pourra le convaincre avec ces arguments. La seule façon de convaincre le Bêta, et je te le dis parce que je le connais mieux que sa propre mère, la seule façon de le convaincre c'est de toucher son point faible et son point faible a un nom : les gâteaux de Mme Porfiria.

Pour le convaincre de partir de ma classe, je lui ai promis mon pain aux raisins du lendemain, et pour le convaincre de laisser la balançoire, je lui ai promis mon pain au chocolat du surlendemain. Bref, en ce moment, je lui ai promis presque tous mes goûters des deux mois qui viennent. Vu le déroulement des choses et la carrière de délinquant qui l'attend, il est fort probable que, durant toute cette année, je me retrouve sans gâteau à la récréation. Et on va dire après que je n'aime pas mon frère, moi qui suis capable de renoncer aux choses que je préfère pour faire de lui un enfant civilisé. La vie est dure.

Bon, il y a une dernière vérité que je n'ai pas dite : ces sacrifices je les fais aussi pour que la m'dame canon du Bêta garde l'admiration qu'elle a pour moi. C'est le meilleur qui me soit arrivé dans ma vie planétaire.

Des fois j'aimerais avoir quatre ans de moins pour pouvoir aller dans sa classe, ou avoir quinze ans de plus pour pouvoir l'attendre à la sortie de l'école. Quand je lui ai raconté, mon grand-père n'a pas du tout été surpris. Il m'a dit qu'il s'en était déjà rendu compte et qu'à lui aussi elle lui plaisait bien :

– Mais elle est trop jeune pour moi et elle est trop vieille pour toi, Manolito.

Il n'y a que mon grand-père qui sait combien me plaît m'dame Estrella. Elle me plaît plus que n'importe quel pain au chocolat de Mme Porfiria, pour que tu te fasses une idée. Aussi je te demande de ne rien dire à personne, je ne voudrais pas que les enfants de ma classe se moquent de moi.

TABLE DES MATIÈRES

ELVIRA LINDO

L'AUTEUR

OÙ ÊTES-VOUS NÉE ?
E. L. A Cadix, en Espagne. Nous avons ensuite déménagé une bonne dizaine de fois, et quand j'ai eu douze ans, nous nous sommes installés à Madrid.

OÙ VIVEZ-VOUS MAINTENANT ?
E. L. Je vis en plein centre de Madrid, près du Paseo de Ricoletos.

ÉCRIVEZ-VOUS CHAQUE JOUR ?
E. L. Oui. Parallèlement à mon travail de speakerine, je rédige aussi des scénarios pour la radio, la télévision et le cinéma. J'ai adapté les aventures de *Manolito* qui viennent d'être portées à l'écran.

ÊTES-VOUS UN AUTEUR À TEMPS COMPLET ?
E. L. Je vis de ma plume. Mais si la scénariste est obligée de se mettre au travail tous les jours sans se poser trop de questions, l'écrivain, en revanche a besoin de se sentir en veine. Il y a des jours où je suis satisfaite de ce que j'ai fait, d'autres où je décide de tout effacer.

QU'EST-CE QUI VOUS A INSPIRÉ CETTE SÉRIE ?
E. L. *Manolito* est une autobiographie un peu particulière. Mes parents connaissaient une situation financière bien meilleure que celle de la famille de Manolito. Je ne suis pas un garçon, ni l'aînée et je n'ai jamais porté de lunettes. Néanmoins, la personne qui ressemble le plus au monde à Manolito, c'est moi.

Est-ce votre premier roman ?
E. L. J'ai écrit une comédie pour le théâtre, ainsi qu'un roman pour adultes : *La Vie innocente de Ramón Fortuna.* J'ai aussi publié les trois premiers livres des aventures de Manolito dans la collection Folio junior.

Quel conseil donneriez-vous à un écrivain débutant ?
E. L. Écrire, lire et vivre. Les meilleures histoires que j'ai lues parlent de la vie quotidienne des gens. Parfois, dans la rue, j'entends un fragment de conversation qui m'apparaît comme un grand roman. Dans ces moments-là, j'aimerais devenir invisible et m'asseoir pour écouter l'histoire jusqu'au bout. Le lecteur, c'est cet individu qui s'assoit pour écouter la vie des autres. Le meilleur conseil que je puisse donner à un écrivain débutant, c'est de vivre les yeux grands ouverts. Ainsi, il ne sera jamais à court d'histoires magnifiques, la seule chose dont il aura besoin, c'est l'envie et le désir de les raconter.

EMILIO URBERUAGA
L'ILLUSTRATEUR

Où êtes-vous né ?
E. U. Je suis né en 1954 à Madrid, un mois d'août.

Pouvez-vous décrire l'endroit où vous travaillez ?
E. U. C'est un séjour avec deux grandes tables, une pour dessiner, l'autre pour peindre. Je suis entouré de pinceaux, de crayons, de livres et de plein d'autres bricoles. Il y a aussi deux fenêtres par où rentre la lumière, les odeurs, les sons et où vient se poser un petit oiseau qui regarde perplexe comment je gagne ma vie.

Quand avez-vous commencé à être illustrateur ?
E. U. J'étais mauvais élève et j'ai commencé à travailler à quatorze ans, d'abord en tant que commis dans une galerie de tableaux, puis dans une banque, ensuite comme coursier, vendeur, estampeur dans un atelier de gravure et finalement comme illustrateur. J'ai beaucoup de chance car j'adore mon métier.

Comment avez-vous illustré ce livre ?
E. U. En ce qui concerne la technique, avec une plume et de la gouache, mais aussi avec toute la tendresse que ma tête est capable de transmettre à ma main.

Quel conseil donneriez-vous à un illustrateur débutant ?
E. U. Qu'il ne cesse d'être débutant, qu'il entreprenne toujours un travail comme si c'était la première fois et qu'il regarde, qu'il regarde tout ce qui l'entoure.

Retrouvez **Manolito**
dans d'autres **aventures**
dans la collection FOLIO **JUNIOR**

MANOLITO

Elvira **Lindo**
n° 814

Je m'appelle Manolito, dit le Binoclard. J'ai un défaut : je parle sans arrêt. Un jour, ma mère m'a emmené chez Mme Espéranza, la psychologue de mon école. Et je lui ai raconté ma vie : mon grand-père qui est génial même s'il ronfle ; ce traître de Grandes Oreilles, mon meilleur ami ; Paquito Medina, l'extraterrestre ; ce crâneur de Yihad ; mon petit frère que j'appelle le Bêta ; que je veux devenir roi et que je hais mon duffle-coat... Mme Espé a eu l'air de trouver ça normal. Elle n'a peut-être pas assez écouté...

SUPER MANOLITO

Elvira **Lindo**
n° 900

Il m'est arrivé tellement de choses ces derniers mois que j'ai eu du mal à faire le tri. Bon voilà, je commence : avec Yihad et Grandes Oreilles, mes grands copains, nous avons formé la Bande des Pieds Sales ; j'ai coupé les cheveux du Bêta qui s'est mis à ressembler à un moine tibétain ; Susanna Culotte-Sale est ma fiancée, mais c'est un secret ; M'dame Asunción m'a collé un zéro en maths, mais ça, je n'ai pas encore osé le dire...

Les secrets de Manolito

Elvira **Lindo**

n° 1026

J'ai enfin décidé de te révéler des secrets que je n'ai encore jamais osé dire à personne. Par exemple, je suis terriblement jaloux du Bêta, mon petit frère, j'ai peur de Yihad, le bastonneur de la classe et un jour, j'ai eu honte de mon père. Je rêve aussi d'avoir un chien et la mystérieuse Mélody Martinez est amoureuse de moi. Mais tu verras quand même que dans ma famille et dans ma classe, tout le monde a des choses à cacher.

Conception de mise en page : Françoise Pham

Loi n°49-956 du 16 juillet 1949
sur les publications destinées à la jeunesse
ISBN 2-07-054159-2
Numéro d'édition : 94434
Numéro d'impression : 51321
Dépôt légal : mai 2000
Imprimé sur les presses de la Société Nouvelle Firmin-Didot